KB168589

시냇가빌라

시냇가
빌라

ROMAN
COLLECTION
012

김의 소설

나무옆의자

차 례

1

시신의 핸드폰에서 짧게 신호음이 울린다. 카톡문자가 왔다. 시신의 친구다. 목포에서 언제 올라올 거냐고 묻는다. 솔희는 침착하게 답장문자를 보낸다. 일이 끝나려면 아직 멀었다고, 일이 끝나는 대로 연락하겠다고, 힘들지만 즐겁게 일하고 있다고.

적막이 몰려온다. 방 안에 가득 찬다.
밖에는 눈보라가 몰아친다. 밤새도록 빌라 건물을 때린다.

2

움직이기가 싫다. 밖엔 눈이 그쳤는지 모르겠다. 방 안의 공기는 더없이 춥다. 추워도 너무 춥다. 조금만 추우면 좋을 텐데.

솔희는 그냥 침대에 누워 있다. 그녀는 다만 티티가 걱정이다. 티티는 가끔 등을 쭉 펴며 기지개를 켜고는 다시 웅크린 채잠을 잔다. 솔희처럼 움직이는 것을 귀찮아하는 것이다. 티티도 방 안이 몹시 추운 모양이다. 티티에게 미안하다.

밖에서 누가 소리를 지른다. 겨울바람보다 차갑게 느껴진다. 계단에서 들려오는 소리다. 1층에서 2층으로 올라오는 층계참이다. 그 계단에서 간밤에 누군가가 구토를 한 모양이다. 게워놓은 토사물이 얼어붙었단다. 빌라 건물 입구의 출입문이 밤새

열려 있어서 찬바람이 들어왔고.

솔희는 침대에서 일어나 바지를 입는다. 제때 빨지 않아서
냄새가 조금 나는 분홍색 스웨터를 걸친다. 거울 앞에 다가가
얼굴을 본다. 눈곱을 떼고 머리를 만진다. 그리고 티티 곁으로
가서 머리를 쓰다듬어준다.

아니나 다를까. 요란하게 초인종이 울린다. 솔희는 안방에서
나가 현관문을 연다. 아래층여자다. 101호에 사는 중년 여자인
데 솔희는 그녀를 아래층여자라고 부른다. 그녀는 빌라 건물에
지저분하거나 번거로운 일이 생길 때마다 201호의 솔희에게
올라온다.

"계단에다가 누가 저랬어?"

그녀는 다짜고짜 소리를 지른다. 마치 솔희가 그랬다는 듯이.

"저…… 제가 그런 게 아닌데요."

"그럼 누구야?"

"모르겠는데요."

정말 모른다. 설사 알아도 말하고 싶지 않지만. 그리고 빌라
가 길가에 위치해 있어서 빌라 입주자가 아닌 엉뚱한 외부인이
들어와 구토를 했을 수도 있다.

"술을 마시면 곱게 마셔야지, 저게 뭐야?"

아래층여자는 한심하다는 표정을 지으며 계단을 내려선다.

"그렇다고 저렇게 내버려둘 거야?"

그녀는 솔희를 올려다보며 얼굴을 찌푸린다. 아무리 화가 나도 그렇지, 말 좀 예쁘게 하면 어디가 덧나나.

"치울게요."

솔희는 군말 없이 치우겠다고 한다. 그리고 집 안으로 들어가 빗자루와 쓰레받기, 망치를 찾아서 나온다. 관리인이 따로 없으니 별도리가 없다.

이름은 '시냇가빌라'인데 시냇가와는 전혀 상관없다. 길가에 위치해 있다. 두 동의 3층짜리 건물 중에서 나동 건물이 길가에 접해 있다. 길은 언덕길이고 언덕길을 따라 북쪽으로 몇 분 올라가면 큰길이 나타나고 맞은편에 성당이 보인다. 시냇가빌라의 좁은 마당 앞쪽엔 영진빌라가 서 있다. 영진빌라 마당 입구에서 이 동네의 사거리가 펼쳐진다. 시냇가빌라 쪽으로 올라올수록 경사가 져서 언덕길이 시작된다. 걷기 힘들진 않다. 다만 겨울에 눈이 오면 조심해서 걸음을 옮겨야 한다. 빙판 진 언덕길을 오르거나 내려갈 때는 무서울 지경이다.

서울에서 전철로 한 시간쯤 거리의 이 작은 도시는 온천으로 유명하다. 세계의 다양한 꽃들을 만날 수 있는 식물원도 있고,

쾌적한 호수시민공원도 있어서 주말엔 제법 관광객들이 몰린다. 솔희는 고등학교에 입학할 때 이곳에 처음 왔다. 15년 전이다. 이 도시에서 여고를 다녔다. 대학교는 서울이나 다른 지방으로 나가지 못하고 인근 도시인 천안에서 다녔다. 직장생활과 결혼생활은 서울에서 했다. 운명이란 참 묘한 것이다. 돌고 돌아서 다시 이 작은 도시로 올 줄이야. 시냇가빌라로 이사를 온 것은 재작년 늦가을이다.

왜 하필이면 시냇가라고 이름을 지었는지, 생각하면 생각할수록 뜬금없다. 혹시 지구가 생성될 때 이 동네가 시냇가였는지는 몰라도 지금은 아무리 뜯어봐도 시냇가와는 전혀 관계가 없다. 그래도 나쁘진 않다. 월세에 맞춰 집을 구한 것뿐이니까. 어쨌든 나동 201호로 솔희가 이사를 온 뒤 그해 겨울 무렵부터 아래층여자가 올라온다. 그리고 그녀의 명령 아닌 명령이 있을 때마다 솔희는 너무도 자연스럽게 계단을 청소하고, 마당을 청소하고, 쓰레기들을 줍는다. 비가 오면 빗물이 잘 빠지도록 마당의 배수구를 뚫는다. 낙엽이 지면 낙엽을 모으고, 태우고, 마당 구석에 서 있는 은행나무가 떨어뜨린 냄새 지독한 은행 열매들을 줍는다. 눈이 오면 눈을 치운다. 늦은 오후나 밤에 은행나무 옆에서 중고생들이 소주를 마시거나 담배를 피우면 두려움을 무릅쓰고 다가가 술을 마시지 말라고 하거나 담배를 피우지 말라고 한다. 그러면 어떤 중학생은 뒤돌아서는 솔희의 등 뒤에 대고 한마디를 던진다. 씨발년.

하긴, 작년 여름인가. 무더운 일요일 오후에 초등학교 아이들이 은행나무 옆에 모여서 심한 욕을 하며 놀길래 솔희가 다가가 그런 욕을 하면 안 된다고 타일렀다. 그랬더니 아이들이 네, 하고 대답하는 것을 보고 솔희는 아직 어린 아이들이라서 그런지 어른 말을 잘 듣는구나, 생각했다. 그리고 기분 좋게 돌아서는데 한 아이가 솔희의 등 뒤에 대고 말했다. 인성이 더러운 년. 그게 초등학교 5학년 아이의 입에서 나올 말인가. 솔희가 잔소리를 좀 했다고 그렇게까지 욕을 할 수 있을까.

계단의 얼어붙은 토사물을 망치로 조심스레 깬다. 너무 세게 망치를 내리치면 계단이 상할 수가 있다. 계단이 다치지 않도록 얼어붙은 토사물만 깬다. 어묵, 쪽파, 고춧가루, 상추, 깻잎, 비계가 붙은 돼지고기 등의 잘디잔 분해물질들이 토사물에 섞여 어렴풋이 보인다. 그러니까 구토의 주인공은 어느 술집에서 고추장양념돼지불고기를 안주로 술을 마시며 뜨끈한 어묵탕을 시원하게 곁들여 먹은 듯하다. 다른 표시가 안 뵈는 것으로 보아 술은 소주를 마신 듯하다. 맥주나 막걸리였으면 색깔이 드러났을 텐데 말이다.

깬 얼음조각들을 빗자루로 쓸어서 쓰레받기에 담는다. 그런데 얼음을 깨는 소리가 좀 시끄러웠던 모양이다. 202호의 현관문이 열리는가 싶더니 누군가가 나와서 슬쩍 내려다보고 다시 들어간다. 공방을 운영했던 아줌마다. 겨울 문턱에서 공방의 문을 닫았다. 요즘 많이 우울해한다. 그래서 계단의 얼음 깨는 소리가 신경에 거슬렸던 모양이다. 공방은 참 예쁘고 수려한 직물 공예품들로 가득했던 곳인데 추위와 함께 소리 없이 문을 닫았다. 동네 남성 전용 미용실 옆에 있던 공방은 그전에는 치킨체인점이었다. 그러던 것을 아줌마가 작년 4월에 인수해서 공방을 연 것이다. 그럭저럭 사람들이 들락거리는 것 같았는데 문을 닫았다. 지금도 공방의 쇼윈도 안쪽엔 임대팻말이 걸려 있다. 두 눈이 별처럼 반짝이는 귀여운 토끼가 싱긋 웃으며 말하는 말풍선을 그려 넣었다. 싸게 임대합니다.

쓰레받기에 얼음조각들이 제법 가득 찼다. 솔희는 계단을 내려와 건물 밖으로 나간다. 어디에 버릴까 두리번거리다가 은행나무 옆의 눈더미 위에 얼음조각을 쏟는다. 간밤에 눈이 많이 왔다. 새벽에 많이 내렸다. 밤 한 시경에 창밖을 내다보았을 때는 눈이 내리지 않았다. 온통 하얀 세상이다. 하얀 동네, 하얀 언덕길. 전봇줄에도 하얗게 눈이 앉았다.

솔희는 마당의 눈을 대충 치운다. 은행나무 쪽으로 쓸어 모은다. 그렇게 은행나무에 눈을 제법 몰아놓고 보니 마치 은행나무가 눈으로 만든 하얀 바지를 입고 있는 모양이다.

집에 들어오니 티티가 밥을 달라고 한다. 하지만 사료봉투에 사료가 거의 남아 있지 않다. 바닥이 보인다. 솔희는 티티의 밥그릇에 봉투를 탈탈 털어 사료를 떨어뜨린다. 티티가 기다렸다는 듯이 머리를 박고 먹기 시작한다. 어떤 집사들은 날마다 닭고기를 삶아서 준다고도 하던데, 티티는 하필이면 가난한 집사한테 입양을 와서 닭고기도 한번 못 얻어먹는다. 하긴 집사의 정성과 성의의 문제겠지. 아무리 가난해도 말이다.

티티가 솔희에게 입양을 온 뒤, 사료가 떨어져서 솔희가 먹던 밥을 준 적이 있었다. 김치찌개에 들어 있던 두부도 몇 점 섞고, 볶은 감자도 몇 조각 넣어서 주었다. 뜻밖에도 얼마나 잘 먹던지. 그런데 '인생국수집' 앞길에서 우연히 만난 티티의 옛 주인에게 그 얘기를 했더니 펄쩍 뛰면서 절대로 다음부턴 사람 음식을 주지 말라고 했다. 나트륨 때문이었다. 사람 음식의 나트륨은 고양이에게 치명적이란 것이었다. 사람이나 고양이나 나트륨을 조심해야 한다.

티티는 노르웨이숲을 많이 닮은 혼혈아이다. 검은 털의 남자아이다. 나이는 세 살이고 늘씬하다. 성격은 용감무쌍하고, 제멋대로이고, 날마다 무슨 생각을 하는지도 모르겠고, 어디로 튈지 모른다. 지금은 겨울이라 조금 움츠려 지낼 뿐이다. 티티라는 이름은 오래전 대학 시절 남미 여행을 갔다가 만난 장엄하고 아름다운 티티카카호수에서 이름을 딴 거라고 티티의 옛주인이 말했다. 그녀는 웬만하면 자신이 계속 키우겠는데 무지하게 못된 시어머니 때문에 도저히 티티를 키울 수가 없다고 했다. 노인네가 도무지 동물을 사랑하는 마음이라곤 눈곱만큼도 없어요. 툭하면 갖다버리라는 거야. 평생을 시장바닥에서 살아서 오로지 돈, 돈, 돈밖에 몰라요. 그녀의 말이 그랬다.

추워서 티티를 껴안고 누워 있는데 핸드폰 벨이 울린다. 받아보니 택배기사다.

엄마가 시골에서 택배를 보내왔다. 스티로폼박스에 이것저것 가득 담아 보냈다. 검은 비닐봉지마다 들어 있는 나물들, 동그란 플라스틱 통에 담긴 고들빼기김치, 연두색 쇼핑백에 담긴 붕어즙과 노란 플라스틱 통에 담아 테이프로 단단히 밀

봉한 붕어찜. 나물들은 모두 말린 것들이다. 질경이나물, 개망초나물, 고구마줄기나물, 뽕잎나물, 명아주나물, 그리고 썰어서 말린 가지나물과 호박나물. 엄마가 해마다 봄부터 가을까지 준비하는 나물들이다. 고들빼기김치는 솔희가 가장 좋아하는 별미김치다. 엄마는 봄이면 고들빼기를 데쳐서 쓴맛을 우려낸 뒤 된장과 들기름에 무쳐서 밥상에 올려놓곤 했다. 함께 채취한 민들레도 데쳐서 역시 된장과 들기름에 무쳐 그 옆에 올려놓았다.

솔희가 손가락으로 고들빼기김치를 꺼내 먹어본다. 고들빼기김치는 겨울에 먹어도 맛있다. 잘 숙성된 쌉쌀한 맛이 밥을 부른다.

붕어즙과 붕어찜은 솔희가 보내지 말라고 해도 꾸준히 보낸다. 겨울이라 붕어 잡기가 매우 어려울 텐데도 말이다. 붕어는 고향인 충남 아산시 송악면의 송악저수지에서 엄마의 초등학교 동창생 아저씨가 잡은 것이다. 시골의 그 겨울 저수지에서 그 늙은 동창생 아저씨는 추위도 아랑곳하지 않고 엄마를 위해 붕어를 잡은 것이다. 그는 어릴 때부터 엄마를 무척 좋아했다고 한다. 결혼을 못 한 것은 돌아가신 외할머니가 생전에 극렬히 반대했기 때문이라고 한다. 그래서인지 그 아저씨와 아빠는 사이가 껄끄럽다. 그 아저씨가 초등학교를 졸업하고 고향을 떠나 오랫동안 서울에서 살다가 다시 귀향한 후부터 그렇다.

솔희는 엄마에게 전화를 건다. 그런데 엄마가 핸드폰을 받지 않는다. 화장실에 갔나. 잠시 후 다시 전화를 건다. 역시 받지 않는다. 솔희는 카톡문자를 보낸다.

택배 잘 받았어.

솔희는 붕어즙 몇 봉지는 냉장고에 넣어두고 나머지는 검은 비닐봉지에 챙긴다. 붕어찜은 냄비에 담아 휴대용 가스레인지에 데운다. 커다란 참붕어가 세 마리다. 함께 조리한 감자와 시래기도 잔뜩 들어 있다. 솔희는 붕어찜을 별로 달가워하지 않는다. 맛은 있지만 가시가 성가시기 때문이다. 붕어의 가시는 생각보다 많고 상당히 억세다. 여러 번 가시 때문에 고생한 경험이 있다. 한참 맛있게 먹다 보면 시래기 속에서도 가시가 나올 때가 있다. 그래서 솔희는 아예 붕어는 건드리지 않고 감자와 시래기만 먹을 때도 있다. 붕어 양념에 조려진 감자와 시래기는 정말 맛있다. 밥도둑이다.

그래도 엄마가 잊지 않고 꼬박꼬박 보내주는 것은 오빠 때문이다. 오빠에겐 보내주면서 솔희에게만 쏙 빼놓고 안 보내주기가 마음에 걸려서다. 솔희는 커다란 접시에 붕어 두 마리를 담

고 감자와 시래기를 얹는다. 그 위에 양념국물을 뿌린다. 고들
빼기김치도 덜어서 작은 반찬통에 담는다. 그리고 붕어즙 비닐
봉지와 붕어찜 접시와 고들빼기김치 반찬통을 쟁반에 담는다.
302호에 갖다 주려는 것이다. 해아저씨다. 그는 돼지고기나 소
고기 같은 고기류는 전혀 못 먹어도 생선은 조금 먹는다.

해아저씨는 척추장애인이다. 세상 사람들은 흔히 낮잡아서
꼽추라고 부른다. 그런데 어떤 시인이 그랬다지. 꼽추의 볼록
한 등은 빛나는 해를 짊어졌기 때문이라고. 그래서 그는 평생
동안 등에 해를 짊어지고 다니는 사람이라고 말이다.

솔희는 302호 남자를 해아저씨라고 부른다. 혼자 산다. 결혼
유무는 알 수가 없다. 물어본 적도 없다. 그렇다고 솔희처럼 이
혼 경력이 있는지도 모르겠고, 나이는 솔희보다 열 살쯤 위다.
마흔 살이 조금 넘은 중년 사내다. 해아저씨는 동네 아이들이
키가 작다고 놀려도 욕하거나 화내지 않는다. 그냥 그러려니
한다. 쌍꺼풀 눈을 약간 일그러뜨리며 웃기까지 한다.

솔희가 시냇가빌라에 처음 이사 오고 며칠 지나지 않은 어느
날, 빌라 계단이며 마당에 광고 전단지가 어지럽게 널려 있었
다. 솔희가 그걸 줍고 있는데 누가 불쑥 광고 전단지들을 내밀
었다.

이거요.

302호 남자였다. 그 후로 그는 몇 차례나 광고 전단지들을 모아서 솔희를 볼 때마다 건네주었다. 영화잡지나 소설책, 낚시가이드나 중고생 참고서, 아동도서, 노트, 신문지들도 모아서 건네주기도 했다. 솔희를 폐지 줍는 여자로 알았던 것이었다.

302호 초인종을 누른다. 반응이 없다. 몇 번을 더 누른다. 없다.

외출했나 보네.

솔희가 쟁반을 들고 다시 계단을 내려오는데 202호의 현관문이 소리 없이 열린다. 공방아줌마가 얼굴만 내밀고 내다본다. 솔희가 인사를 한다. 그러나 공방아줌마는 인사를 받는 시늉을 하면서도 솔희의 쟁반을 본다. 이내 얼굴 표정이 싸늘하게 변한다.

공방아줌마가 현관문을 닫는다. 솔희는 그녀의 얼굴 표정이 왜 변했는지 의아하다. 쟁반을 보고는 변했다. 옆집인 자기 집엔 음식을 안 갖다 주고 위층인 302호에만 갖다 준다며 서운해 해서일까.

집에 들어와 잠시 고민한다. 공방아줌마에게 붕어찜을 갖다

줄까. 아니다. 갖다 주려면 진즉에 갖다 주었어야지. 그리고 애당초 양도 얼마 안 돼서 아줌마까지는 생각하지 않았다. 세 마리. 그렇다고 해아저씨에게 갖다 주려던 것을 갖다 주기도 좀 그렇다. 남아 있는 한 마리를 갖다 주기도 역시 좀 그렇다. 붕어가 크긴 하지만 접시에 달랑 한 마리를 담아서 갖다 준다는 게 받는 사람의 입장에선 어떨지 모르겠다. 자칫 주고도 욕먹을 수가 있다. 얼마 안 되는 고들빼기김치나 말린 나물들을 곁들여서 함께 갖다 주면 좋겠지만 그럼 남는 게 없다. 일껏 엄마가 정성스레 보내준 건데 말이다. 그리고 이제야 갖다 주기도 좀 그렇다. 그러잖아도 갖다 드리려고 했어요, 호호호 하며 그러긴 싫다. 푼수도 아니고 너무 낯간지럽다.

휴대용 가스레인지에 불을 켜고 엄마가 보내준 가지나물을 볶는다. 참기름이 떨어져서 식용유로 볶는다. 그런데 양념을 하려고 보니 쪽파가 없다. 마늘만 다져서 넣는다. 후추를 조금 뿌린 뒤 간장을 두 수저 뿌리고 섞어서 마무리한다. 깨소금도 없다. 그냥 접시에 담는데 핸드폰 벨이 울린다. 엄마다.

—택배는 잘 받았니?

—응. 전화하니까 안 받데?

—소가 아파서.

─소? 갑자기 무슨 소? 소 키워?

─아니. 현덕 씨네 소.

현덕 씨는 저수지에서 붕어를 잡아주는 엄마의 초등학교 동창생 아저씨의 이름이다.

─그 아저씨네 집에 갔었어?

─응.

─그래서?

─뭐가?

─소 말이야. 아프다며?

─수의사선생님이 왔다 갔지. 윤선증이라나 뭐라나. 그런 버짐병이란다. 요즘 같은 겨울철에 많이 발생한다더라. 그것도 그렇고, 왼쪽 앞다리 무릎에 염증이 생겼다더라.

─그런데? 그런데 엄마가 가서 뭘 한다고 거기에 갔대? 엄마가 소를 볼 줄 알아?

─그냥 간 거야. 갔더니 소가 아프다고 하잖아.

─그러니까 엄마가 현덕이 아저씨가 보고 싶어서 그 집에 갔는데 소가 아팠다?

─뭐가 보고 싶어서 가? 쓸데없는 소리 말고 밥이나 잘 챙겨 먹어. 굶지 말고. 그런데 어째 집에 있니? 회사는?

―집에 잠깐 서류 가지러 왔어.

엄마는 솔희가 바쁘게 직장생활을 하고 있는 줄 안다. 백조라는 걸 알면 슬퍼할 거다. 밤마다 울 거다.

―엄마. 붕어는 보내지 마.

―살만 살짝 발라먹고 버려. 가시가 많아서 그렇지?

―가시도 많고.

―그러니까 살만 살짝 발라먹고 버리라고. 그래도 안 먹는 것보단 나아. 그리고 즙은 꼭 챙겨서 마시고.

―즙도 싫은데.

―먹어.

―응. 아빠는? 잘 있대?

―쓸데없는 소리 말고 전화 끊어.

엄마가 퉁명스럽게 전화를 끊는다. 엄마와 통화를 하고 나면 꼭 눈물이 나려고 한다. 솔희가 돌싱녀가 된 뒤부터다.

그리고 아빠는 현재 가출 상태다. 집에 없다. 한동네에 살고 있는 엄마의 초등학교 동창생 아저씨와 사흘 동안 몇 번이나 말다툼을 한 뒤에 가출했다.

외출을 한다. 면접이 있다. 인생국수집. 그 가게의 주인여자와는 묘한 인연으로 알게 된 사이다. 며칠 전에 국수를 먹으러 들렀다가 출입문에 붙어 있는 홀서빙 알바생 모집광고를 보았다. 집에 돌아와서 엊그제 전화를 했더니 주인여자가 와보라고 해서 가는 것이다. 잘될 것 같은 예감도 들고.

주인여자와의 묘한 인연은 작년 여름에 있었다. 솔희가 39번 국도의 안중사거리 방면에 있는 주유소에서 알바를 할 때였다. 그 당시 솔희는 주유소의 알바가 생전 처음인지라 일이 서툴고 낯설었다. 김 과장이란 상사가 차의 종류부터 혼유를 피하는 주유 방법 등등 친절하게 일을 가르쳐주면서도 가끔 짜증을 냈다. 그게 너무 미안해서 처음엔 일하기가 더욱 힘들었다. 특히 어떤 차엔 휘발유를 넣고 어떤 차엔 경유를 넣어야 하는지 도무지 헷갈렸다. 우리나라의 차종이 왜 그렇게도 많은지 그저 놀랄 뿐이었다. 그리고 사적으로 김 과장 때문에도 이래저래 알바가 힘든 때였다. 그가 회식 때마다 솔희가 돌싱녀라서 외로움을 달래주어야 한다며 낯선 남자를 합석시켰기 때문이었다(실제로 구렁이보다 더 징그럽게 느껴진 오렌지색 셔츠의 남자는 한동안 솔희를 집요하게 쫓아다니기도 했다). 그러던 어느 무더운 날 오후, 어떤 여자 손님이 차에서 내려 주유소 건물로 들어오며 인사를 했다. 김 과장이 아는 척을 하며 인사하는 걸로 보아 단골손님인 듯했다. 그런데 그녀가 다섯 손가락을 활짝 펴고 솔희에게 인사를 하는 것이 아닌가. 솔희는 그녀가 조금은 뜬금없어 보이지만 새로 온 직원인 솔희에게 하이파이브를 하자는 걸로 알고 성격이 꽤 좋은 여자라고 생각했다. 솔희는 손님 기분을 맞춰줄 겸해서 역시 다섯 손가락을 활짝 펴고 그녀와 하이파이브를 했다. 그런데 그녀가 갑자기 당혹스러워하며 어쩔 줄을 모르겠다는 표정을 지었다. 그러면서 말했다.

5만 원이요.

그녀는 솔희더러 휘발유를 5만 원어치 주유해달라는 것이었다.

주유소 사람들 앞에서 솔희의 얼굴을 뜨겁게 만들었던 그녀가 바로 인생국수집의 주인여자였다. 솔희가 가을에 주유소를 그만두고 시골에서 잠깐 방문한 엄마와 함께 아주 우연히 인생국수집에 들렀다가 그녀를 다시 만난 것이었다.

가게 문을 열고 들어서자 주인여자가 일하다가 반긴다. 한눈에 봐도 바쁘다. 홀에 있는 20여 개의 테이블은 빈자리가 없을 정도다. 손님들은 이 가게의 메인 메뉴인 오색잔치국수를 먹거나 오색만둣국을 먹고 있다. 오색만두 또는 오색만두튀김을 먹는 사람도 있다.

솔희는 주인여자와의 면접은 조금 한가해지면 하기로 하고 우선 손을 씻는다. 주인여자에게 식당 앞치마를 달라고 해서 허리에 두른다. 주인여자가 웃는다. 솔희는 홀 서빙을 시작한다.

포장을 해가는 손님들도 있다. 주로 만두를 사간다. 손님들은 오후 세 시가 넘어서야 조금 뜸해진다. 그래도 꾸준히 들어온다. 점잖은 할아버지도 있고 어린아이를 데리고 오는 젊은 엄마도 있다. 주말이면 서울에서 전철을 타고 이 작은 도시의 온천욕을 즐기러 올 때마다 들른다는 노부부도 있다.

메뉴는 오색잔치국수, 오색비빔국수, 오색만두, 오색만둣국, 오색만두튀김 등이다. 여름엔 오색냉국수와 오색콩국수도 있다. 오색은 쑥(혹은 부추), 치자, 당근, 칡, 연근 등의 가루나 즙을 낸 것이다. 이것을 각각 밀가루와 메밀가루, 다시마가루에 섞고 반죽해서 다섯 가지 색깔의 국수와 만두피를 만든다. 가게의 주방 뒷문을 나서면 제법 넓은 마당이 나오고 또 한 채의 건물이 있는데 그 별채에서 나이 든 아줌마 직원들이 주인여자의 조리 감독을 받으며 만든다. 만두에 넣을 만두소도 직접 만들고, 무초절임과 깍두기, 배추겉절이도 만든다. 그리고 인절

미도 만들어 손님들이 무슨 음식을 주문해서 먹든지 세 개씩 무료로 제공한다.

가게가 조금 한가해지자 주인여자가 솔희를 부른다.

겨울 하늘이 눈이 아리도록 파랗다.

손을 뻗어 만져본다.

싸늘하게 차갑다.

겨울 유리.

횡단보도 앞에 서서 숨을 내쉬자 파란 겨울 유리에 입김이 서린다. 까치 두 마리가 입김을 지우며 날아간다.

죽으란 법은 없나 보다. 비록 알바지만 취직이 되었다. 오전 열한 시부터 오후 네 시까지 다섯 시간이다. 시급 8,500원. 월급으로 다달이 지급된다.

솔희는 가벼운 마음으로 '똥강아지하우스'에 들러 통장에 몇 푼 안 남은 돈으로 고양이 사료와 통조림을 사고 편의점에 들러 햇반과 컵라면, 생리대, 일회용 부탄가스를 산다.

솔희는 혹시 시간제 알바가 아닌 종일근무제 직원으로 일하면 안 되겠냐고 주인여자에게 물었지만 그녀가 난색을 표했다. 그렇게 되면 다른 알바직원들을 내보내야 하기에 곤란하다고 했다.

이혼하기 전에 솔희는 실업자인 그를 대신해 새벽 다섯 시 삼십 분이면 어김없이 일어났다. 그가 깨지 않도록 아주 조심하며 침대에서 일어나 주방으로 갔다. 그리고 그가 하루 종일 먹을 밥과 찌개와 반찬을 만들었다. 때로는 귀찮고 힘들어도 그렇게 아내가 정성스럽게 차려준 식사를 하고 그가 기운을 얻기 바라서였다. 힘을 내서 다시 직장생활을 하라는 뜻이었다. 아무튼 새벽부터 그렇게 분주히 움직이다 보면 항상 출근시간이 촉박했다. 재빨리 샤워를 하고 머리를 감고 립스틱을 바르고는 뛰어가 통근버스를 탔다. 결혼 7개월 만에 사표를 낸 그를 대신해 2년 반 동안 그렇게 직장생활을 했다. 그러나 그런 부지런함은 결국 솔희를 바보로 만들었을 뿐이었다. 솔희가 아침 통근버스를 타고 화공약품회사에 출근해서 일하는 동안 그는 딴짓을 했다.

집에 들어와 똥강아지하우스와 편의점에서 사온 것들을 정리하는데 핸드폰 벨이 울린다. 티티의 옛 주인이다. 또 시어머니를 욕하려고 전화했나.

—솔희 씨. 티티는 잘 있지?

—네.

―감기는 안 걸렸어? 엄청 추운데.

―네, 올겨울엔 아직.

―그래? 다행이네.

―제가 보기보단 추위에 좀 강해요.

―아니, 티티 말이야.

―네? 아, 네. 안 걸렸어요.

―다행이네. 하긴 솔희 씨가 어련히 알아서 따뜻하게 잘 보살펴주겠어.

―아, 네.

막상 대답해놓고 보니 솔희는 조금 미안한 생각이 든다. 이번 달부터 가스가 끊겨서 요즘 티티는 솔희와 함께 난방도 되지 않는 추운 방에서 겨울을 나고 있다.

―딴게 아니고, 아주 괜찮은 애가 있는데. 예쁘고 귀엽고.

―누구요?

―내가 다니는 스포츠댄스학원의 강사님이 키우던 앤데, 혹시 또 입양할 생각이 없나 해서.

―제가요?

―응. 티티도 심심하지 않고 좋지, 뭐, 친구가 생기면. 한번 볼래? 내가 카톡으로 사진 보내줄게.

그러더니 그녀는 솔희의 대답도 듣지 않고 곧바로 사진을 보낸다. 솔희가 카톡을 열어 사진을 보니 고양이가 아니고 개다. 하얀 몰티즈. 앉아 있는 모습을 정면으로 찍은 사진이다. 까만 유리구슬 같은 두 눈, 까만 고무조각을 오려서 붙인 것 같은 코, 그것도 발이랍시고 가지런히 모으고는 나름 꼿꼿하게 버티고 선 짧고 앙증맞은 앞발. 아이는 정말 작고 예쁘고 귀엽게 생겼다. 꼭 장난감인형 같다. 마음이 끌린다. 그러나 두 아이를 어떻게 키우나. 신혼 초에 반지라는 요크셔테리어 여자아이를 키워본 적은 있지만, 고양이와 개를 동시에 키워본 경험은 없다. 거기다가 지금 이런저런 사정도 안 좋은데 말이다.

—어때? 마음에 들지?

—네, 마음에 들긴 하는데.

—왜? 싫어?

—싫은 건 아닌데, 글쎄요.

—그럼 생각 좀 해보고 오늘 중으로 연락을 줘.

그러면서 그녀는 그 아이에 관한 신상정보를 수다스럽게 늘어놓는다. 이름은 말랭이고, 나이는 한 살이며 여자아이란다. 작고 말랑말랑하게 생겼지만 성격은 무척 밝고 활달하며 스포츠댄스강사가 말 못 할 사정이 생겨서 더는 키울 수 없게 되었다는 것이다. 그러더니 그녀는 못된 시어머니만 아니면 정말 자기가 키우고 싶은 아이라고 덧붙인다.

만일 솔희가 입양을 못 한다면 유기견보호센터에 보내든가, 안락사를 시킬 수밖에 없다고 말한다.

안락사라니. 그녀가 일부러 솔희에게 겁주려고 한 말이겠거니 생각하면서도 왠지 마음이 짠하다.

오늘 중으로 연락을 주겠다고 약속한 후 통화를 끊는다. 그리고 솔희는 이 추운 날씨에 생각지도 않은 고민에 빠진다. 아이를 데려와야 하나, 말아야 하나. 문득 하늘나라로 떠나보낸 반지 생각이 나서 데려오고 싶기는 하다.

티티를 처음 데려올 때가 생각난다. 작년 봄, 티티가 두 살 때였다. 솔희는 티티의 옛 주인과는 성당의 바자회에서 알게 된 사이였다. 솔희는 성당의 신자는 아니지만 시냇가빌라에서 가까운 성당에서 바자회를 연다고 해서 구경 삼아 간 것이었다. 솔희는 모자와 블라우스와 청국장을 사고 성당 마당 입구 쪽에서 다른 여자와 함께 호박전과 두릅전을 만들어 팔던 그녀를 만났다. 솔희가 두릅전을 사먹으며 그녀들과 이런저런 수다를 떨다가 우연히 고양이 얘기가 나왔다. 그리고 그녀가 솔희에게 고양이를 한번 키워보지 않겠느냐고 물었던 것이었다. 솔희는 자신도 없고 내키지 않아서 거절하고 싶었지만 단번에 거절할 수가 없어서 우물쭈물 그냥 웃고만 있는데 그녀가 티티 얘기를 꺼내며 자기 시어머니 얘기를 털어놓았다.

평소에도 그녀의 시어머니는 티티를 매우 못마땅하게 여겼는데, 한 달 전쯤에 티티가 갑자기 무슨 쇼크가 왔는지 심한 경련을 일으켰다. 깜짝 놀란 그녀는 티티를 데리고 동물병원에 갔는데 큰 이상은 없다고 했다. 이후에도 티티가 가끔 경련을 일으켜서 병원에 10여 차례 다니며 진료를 받았다. 그러나 어찌된 일인지 상황은 통 나아지질 않았다. 그러자 수의사가 소견서를 써줄 테니 수의대병원 같은 큰 병원에 티티를 데리고 가서 MRI(자기공명영상장치)도 찍고 좀 더 정확한 진료를 받아보라고 했다. 그녀는 내심 병원비가 걱정되었지만 혹시나 모를 티티의 건강을 위해 따로 모아둔 돈이 있어서 그러겠다고 했다. 그 얘기를 집에 와서 저녁식사 중에 무심히 꺼냈다. 그랬더니 시어머니가 대뜸 MRI 촬영비와 진료비가 얼마냐며 왜 쓸데없는 곳에 돈을 낭비하느냐고 마구 역정을 냈다. 그까짓 짐승새끼 한 마리가 죽으면 어떻고 살면 어떻고 무슨 대수냐며 그녀를 나무랐다. 그러자 그녀는 아차 싶었다. 공연히 시어머니 앞에서 말을 꺼낸 것이 몹시 후회되었다. 시어머니는 평소에도 걸핏하면 티티를 내다버려라, 죽여버려라, 저걸 내가 탕으로 끓여 먹어야 무릎관절이 제구실을 할 텐데 하며 폭언을 일삼았다. 그러나 그녀는 시어머니의 역정에도 불구하고 티티를 수의대병원에 꼭 데리고 가서 MRI도 찍고 진료도 받겠다고 말했다. 그러자 시어머니가 갑자기 벌떡 일어나더니 소파에 앉아 있던 티티의 뒷덜미를 잡고는 베란다 창문 밖으로 티티를 내던지려고 했다. 그녀가 시어머니에게 달려들어 티티를 빼앗았는데 시어머니는 감히 며느리 주제에 시어머니한테 대들었다며 소리를 지르고 욕까지 했다. 남편까지 시어머니 편을 들며 그녀에게 빨리 사과하라고 윽박질렀다. 아들이 자기편을 들자 시어머니는 더욱 기세등등해서 티티의 병원비를 몽땅 달라고 했다. 안 그래도 며칠 안 남은 자신의 생일축하 용돈으로 달라고 했다. 그 돈으로 시장 상인 친구들과 가까운 일본 쓰시마 여행도 다녀오고 맛있는 음식도 사먹겠다는 것이었다. 그녀는 너무 기가 막히고 화가 나서 시어머니의 요구를 거절했다. 그랬더니 시어머니와 남편이 하는 말이, 티티를 보아하니 어차피 곧 세상을 뜰 것 같은데 왜 자꾸 쓸데없이 돈을 들이려고 하느냐고 했다. 그냥 편히 죽게 내버려두라고 또 소리를 지르며 그녀를 나무랐다. 순간 그녀는 티티를 끌어안고 그 자리에 주저

앉아서 엉엉 소리 내어 울었다. 한없이 울었다.

그 얘기를 듣고 솔희는 그 자리에서 티티를 입양하겠다고 말했다. 그리고 이틀 뒤에 성당 뒤편의 조그만 카페에서 티티를 품에 안았다. 물론 티티의 옛 주인은 한동안 울먹였다. 조그맣고 가엾은 생명체인 티티한테는 자신만이 삶의 전부였는데 결국 지켜주지 못하고 다른 사람한테 넘기는 것이 마음 아프다고 했다.

그러나 티티는 그녀의 시어머니와 남편의 말과는 달리 여전히 건강하게 솔희와 잘살고 있다. 방이 추워서 문제지만 말이다.

그나저나 체납된 가스요금을 얼른 납부해야 하는데 걱정이다. 방에 난방이 안 돼서 티티한테 너무 미안하고, 주방의 가스레인지도 사용할 수가 없다. 휴대용 가스레인지로 겨우 물만데워서 생활하는데 어지간히 불편하다.

인간이란 참 소심하고 나약하다. 고작 체납요금 때문에 가스가 끊긴 것뿐인데 마치 인생이 최악의 상황에라도 처한 것처럼느껴지기도 하니 말이다. 누구한테도 돈을 빌릴 수가 없으니까그런 생각이 더 든다. 물론 다른 사람은 몰라도 엄마한테만은 얼마든지 얘기해볼 수 있겠지만 그러고 싶지 않다. 솔희가 이혼한 이후엔 더더욱 그렇다.

어쨌든 상황이 아주 안 좋은 것은 맞다. 날마다 춥게 자다가 동사를 당할 수도 있으니까. 물론 염치없는 소리지만 티티를 껴안고 자면 그럴 확률은 조금 줄어든다. 한심하다. 기껏 고양이에게 의존해서 죽음을 모면하며 살아가다니.

가불을 하자. 고작 하루 일해놓고 가불이라니 차마 입이 떨어지지 않지만 어떡하겠어. 내일은 이번 겨울 들어 가장 추운 날씨라고 하니 별도리가 없다.

인생국수집의 주인여자는 인생이 무엇인지 알 것이다. 그래서 국수집의 상호에 인생이란 수식어를 붙였겠지. 그녀는 솔희가 가불을 해달라면 두말없이 미소 지으며 카운터에서 돈을 꺼내줄 것이다.

많다면 많고 적다면 적은 그 돈을 모두 어디에 썼는지 모르겠다. 솔희는 이혼을 하면서 위자료 명목으로 돈을 받았다. 3천만 원. 그나마 판사가 남편더러 그 돈이라도 지급하라고 판결한 것은 오빠 덕분이었다. 한때 매제였던 인간에 대한 분노로 밤잠을 못 자던 오빠였다. 오빠는 법에 대해 무지한 솔희를 대신해 동분서주하면서 여동생을 위해 그 돈을 받아냈다. 변호사

비용과 이것저것을 제하고 2천만 원이 조금 넘는 돈이 솔희의 계좌에 입금되었다. 오빠가 아니었다면 그 인간에게서 단돈 1원도 받아내지 못했을 것이다. 그 가증스러운 인간한테서 뭔가를 받아내겠다는 생각은 아예 해본 적도 없으니까.

누가 초인종을 누른다. 얌전하게 누르는 걸로 보아 아래층여자는 아니다. 아래층여자는 초인종을 부술 듯 누른다.

솔희가 현관문을 연다. 뜻밖에도 해아저씨다.

"이거요."

그가 무겁게 들고 있는 것은 폐지 묶음이다. 광고 전단지, 잡지, 일반도서들이다. 솔희는 당혹스럽지만 웃으며 받는다. 그의 손이 무척 차갑다.

"고맙습니다."

그도 빙긋이 웃는다. 그런데 그의 손뿐만 아니라, 얼굴이며 몸에서 찬바람이 느껴진다. 폐지 묶음도 차갑다. 아까 오전에 집에 없었던 것은 폐지 때문에 일부러 외출을 해서였는지 모르겠다.

그러고 보니 솔희는 아직도 그에게 자신이 폐지를 수거하지 않는다는 말을 하지 않았다. 저는 폐지를 줍는 여자가 아니에요. 이 말만 하면 되는데. 일부러 안 한 것은 아니고 어쩌다 보니 그렇게 되었다. 한편으론 그가 잊을 만하면 가져오는 폐지 묶음 속의 내용물들이 궁금하기도 하고 재미있기도 해서다. 좋은 음악 잡지나 음악 도서, 소설책들은 그의 덕분에 만날 수 있었다. 옷장 옆에 쌓아둔 책들 중에서 『내 이름은 빨강 2』를 볼 때마다 1권은 언제쯤 구해올까, 터무니없이 기다려보기도 하고. 어쨌든 자신이 못된 년이란 생각이 들기도 한다.

그가 살짝 고개를 숙여 인사를 하더니 돌아선다. 계단을 오른다. 솔희가 얼른 그를 부른다. 그가 되돌아서서 눈을 동그랗게 뜨고 솔희를 내려다본다.

솔희가 붕어즙과 붕어찜, 고들빼기김치를 건네자 그가 어쩔 줄을 몰라 하며 받는다. 얼굴은 해처럼 밝아진다. 잘 먹겠다고, 몇 번이나 인사를 하고 계단을 오른다.

해아저씨가 잘 올라가는지 궁금해서 현관문을 조금 열어놓고 있는데, 옆집인 202호의 현관문이 슬그머니 열린다. 공방아줌마가 깊은 한숨을 내쉬더니 문을 거세게 닫는다. 모두 듣고 있었던 모양이다.

3

우체국에 들른다. 인생국수집에서 가불한 돈으로 체납된 가스요금을 납부한다. 그리고 밀린 4개월 치의 방세 중에 2개월 치의 방세도 송금한다. 201호의 집주인은 착하다. 방세가 밀려도 솔희에게 따로 말을 하지 않는다. 솔희가 시냇가빌라에서 그나마 탈 없이 머물며 살 수 있는 이유이기도 하다.

작년 가을에 개장한 대형마트에 들른다. 남성용 가죽장갑을 산다. 비싼 것은 아니다. 5만 3천 원.

화장품가게에 들른다. 립스틱 테스터를 찾는다. 색을 보기 위해 테스터를 꺼내서 뚜껑을 연다. 그런데 립스틱이 많이 사용되었던지 좀 안으로 들어가 있다. 솔희는 사용법에 맞추어 립스틱 아랫부분을 돌려 꺼내어 보고 난 뒤 다시 원래의 상태로 돌린 후 제자리에 놓는다. 갑자기 카운터에 있던 회색머리 여자가 솔희를 보고 소리 지른다.

"그렇게 빼니까 부러지지!"

그러더니 오만상을 짓고 짜증을 내며 다가온다. 그리고 테스터가 부러졌는지 확인한다. 정작 멀쩡한 것을 발견하고는 뻘쭘한 표정을 짓는다. 솔희는 그녀가 당연히 사과를 할 줄 알았다. 그러나 사과하지 않는다. 오히려 솔희의 등을 떠민다.

"그냥 빨리 나가세요!"

내쫓는다.

사람들은 흔히 무더운 여름에 짜증을 많이 낸다는데, 꼭 그렇지만도 않은 모양이다. 장사가 안 되면 추운 겨울이라도 짜증을 낸다. 립스틱은 사지도 않고 테스터만 망가뜨리는 나그네 손님들이 많아서다.

아무리 그래도 기분은 좀 씁쓸하다. 다시 들어가서 사과 받고 싶지만 그냥 돌아선다. 다른 화장품가게로 가서 립스틱을 산다. 인생국수집에 출근할 때 입술에 바를 게 없어서다.

집으로 오는데 초등학교 운동장에서 아이들이 눈싸움을 하고 있다. 추위는 아랑곳없이 신나게 눈밭을 뛰어다니고 있다. 솔희는 마지막으로 눈싸움을 해본 게 언제인지 잠시 생각해본다.

거의 10년 전. 대학교 3학년 때였을 것이다. 2학기 기말고사를 치를 때 절친이었던 김윤주랑 대학교 운동장에서였다. 겨울 문턱이라 그렇게 많이 내린 눈은 아니었는데 뭐에 홀렸는지 정말 신나서 윤주와 함께 운동장 계단을 토끼처럼 깡충깡충 뛰어내려가 눈을 뭉쳤다. 그리고 윤주에게 던졌다. 네 이년, 감히 선전포고를 했겠다! 꺄르르 꺄르르. 둘이 눈싸움을 했다. 그 모습을 멀리 공학관 건물 앞에서 바라보던 남자가 있었다. 윤주의 남자친구였다. 나중에 솔희의 남편이 된 남자.

그에게 솔희가 처음으로 고개를 갸우뚱했던 것은 결혼 날짜를 잡은 직후였다. 그는 연애할 때는 솔희에게 더없이 다정다감했다. 아무리 사소한 일이라도 반드시 솔희의 의견을 물었고 존중했다. 솔희가 반대하면 두말없이 그만두었다. 식당에서 음식을 주문할 때도 솔희가 반대하면 메뉴를 바꾸었다. 영화 티켓이나 공연 티켓도 즉시 바꾸었다. 그랬던 것이 결혼이 성사되자 그는 돌변했다. 마치 딴사람이 된 것처럼 굴었다. 무슨 일이든 자기 마음대로 결정하고 행동했다. 예물이나 신혼여행지를 결정할 때도 그랬고, 청첩장 디자인을 고를 때도 자기 마음대로 선택했다. 아무리 사소한 것 하나라도 솔희가 자기의 의견과 대립하거나 말을 따르지 않으면 무조건 화부터 냈다. 온갖 신경질을 내고 눈을 부릅뜨며 솔희에게 면박을 주었다.

너처럼 답답한 애도 없을 거야.

백화점에서 목동의 신혼집에 들여놓을 소파를 고를 때였다. 그는 짙은 갈색의 가죽소파가 좋다고 했다. 그러나 솔희가 볼 때는 신혼집의 전체적인 색조가 하얀색 계통이어서 짙은 갈색 소파는 너무 칙칙해 보였다. 도저히 내키지가 않았다.

그럼 오늘은 그냥 카탈로그만 가져가고, 집에 가서 내가 가상으로 소파를 배치한 포토샵을 만들 테니까 같이 보고 나서 결정하자.

너는 왜 그렇게 말귀를 못 알아듣니? 내가 갈색 소파로 결정했으면 다 그만한 이유가 있는 거야. 합당하고 논리적인 근거가 있는 거라고. 그런데 왜 자꾸 딴지를 거니?

그게 아니라 포토샵으로 한 번 더 확인한 후에 결정하자는 거지.

뭘 한 번 더 확인해?

그래도 혹시 나중에 후회하는 것보다 낫지.

그러자 그는 매장 직원들 앞에서 자기 체면이 몹시 손상되었다는 듯 얼굴이 붉으락푸르락했다. 그러고는 화를 참지 못하고 이내 그 자리를 뛰쳐나갔다.

백화점의 매장 직원들 앞에서 오히려 황당하고 창피한 것은 솔희였다. 솔희는 잠시 숨을 고른 후 곧 뒤따라 나가서 그에게 전화를 했다. 그러나 아무리 전화해도 받지 않았다. 그래서 주차장에 가서 그를 기다리기로 했다. 그러나 주차장에 가보니 차가 없었다. 그가 혼자 차를 타고 먼저 가버린 것이었다.

솔희는 잠시 멍하니 주차장에 서 있는데 너무 서글펐다. 그러다가 자존심이 상하고 화가 났다. 포토샵을 보고 나서 결정하자고 한 말이 그토록 분노를 일으킬 만한 일이었는가. 도저히 그를 이해할 수가 없었다. 설령 아무리 화가 난다고 해도 곧 아내가 될 여자를 다른 사람들 앞에서 망신을 줘도 되는 것인가. 그렇게 무책임하게 내팽개치고 자기 혼자서 차를 타고 떠나도 되는 것인가. 무슨 망나니도 아니고.

솔희는 전철을 타고 혼자 집에 오면서 처음으로 눈물을 흘렸다. 그리고 불면증에 시달릴 정도로 며칠 동안 밤잠을 설치며 파혼을 생각했다. 솔희를 존중은커녕 무시하기 일쑤인 그와의 결혼을 과연 이대로 진행하는 것이 옳은 것인지 심각하게 고민했다. 그러나 파혼이 그리 쉬운 문제는 아니었다. 어떤 여자들

은 예비신랑이 못마땅할 경우 별다른 망설임 없이 단칼에 파혼
을 한다지만 솔희는 그게 잘 안 되었다. 이미 청첩장을 돌려서
가 아니었다. 무엇보다 엄마 때문이었다. 딸의 결혼을 누구보
다 좋아했던 엄마 앞에서 차마 파혼 얘기를 꺼낼 수가 없었다.
더욱이 솔희가 임신 2개월째라는 사실을 엄마도 알고 있는데
그 모습으로는 도저히 입이 떨어지질 않았다. 어려워진 집안
형편에도 불구하고 우리 딸이 결혼한다며 동네방네에서 온갖
축하를 받은 엄마였다. 당시 시골의 집안 형편은 너무 안 좋았
다. 아빠가 엄마의 반대에도 불구하고 생뚱맞게 블루베리를 대
량재배했는데 2년을 연거푸 실패했다. 이듬해엔 그런대로 수
확이 많아서 출하를 했는데 지역농협 간부와 유통업자의 농간
으로 수중에 들어온 돈이 없었다. 그 일로 폭삭 늙어버린 아빠
와 엄마 앞에서 도저히 파혼 얘기를 꺼낼 수가 없었다. 그리고
한편으론 그에 대한 한 가닥 믿음도 남아 있었다. 결혼해서 살
다 보면 괜찮겠지, 예쁜 아기도 낳고 서로 노력하면 그도 좋은
남편이 되겠지, 하는 막연한 믿음이었다. 그러나 사람은 고쳐
쓰는 게 아니었다. 적어도 솔희한테는 그랬다.

　그렇게 파혼하지 않은 대가로 그와의 잔혹한 전쟁이 시작되
었다.

아이들 중에 한 명이 눈뭉치를 던지려다가 미끄러져 앞으로 고꾸라진다. 솔희가 깜짝 놀라 운동장 안으로 들어가려는데 그 남자아이는 아무렇지도 않은 듯 일어나서 다시 씩씩하게 상대 방 아이들에게 눈뭉치를 던진다. 그 활달하고 신나게 웃는 모 습이 정말 보기 좋다. 아마도 맨땅이었으면 코피라도 흘렸을 텐데 다행히 눈밭이어서 크게 다치지는 않았다. 겨울의 짧은 해는 아랑곳없이 아이들은 지칠 줄 모르고 눈싸움을 하며 점점 어두워가는 운동장을 뛰어다닌다. 겨울방학답다. 설마 학원을 빼먹고 놀고 있는 것은 아닐 테지.

시냇가빌라에 다가오자 근처의 슈퍼에 들러 편의점에서 못 산 쪽파와 당근과 버터를 산다.

솔희는 집에 오자마자 난방 보일러를 돌린다.

방이 따뜻해지자 티티가 몸의 긴장을 푼다. 사료를 먹고 난 후 하품을 한다. 누워서 길게 몸을 늘어뜨리더니 배를 따뜻한 방바닥에 밀착시킨다. 사람이나 동물이나 겨울은 따뜻해야 좋다.

대형마트에서 사온 남성용 가죽장갑은 그냥 책상 위에 놓아 둔다. 빌라에 들어올 때 3층을 올려다보니 302호의 불이 꺼져 있었다.

솔희는 붕어찜의 시래기를 도마 위에 올려놓고 잘게 썬다. 고들빼기김치도 잘게 썬다. 당근은 채를 썰고 쪽파는 잘게 썬다. 마늘은 몇 쪽을 꺼내서 다진다. 프라이팬에 버터를 넣고 다진 마늘을 넣어 마늘 향을 낸 후 썰어서 준비한 당근과 시래기와 고들빼기김치를 넣고 볶는다. 그리고 햇반 하나를 뜯어서 밥을 넣고 함께 볶는다. 맨 나중에 간장과 쪽파를 넣고 섞는다. 비록 달걀이나 고기 한 점 안 들어갔어도 그럴싸한 볶음밥이 완성된다.

모처럼 든든하게 저녁식사를 한 후 솔희는 티티의 옛 주인에게 전화를 건다. 말랭이를 입양하겠다고 말한다. 두 아이를 어떻게 키울 수 있을지 걱정도 되지만, 그렇다고 몰인정하게 가여운 아이를 저버릴 순 없어서다.

티티의 옛 주인과 솔희는 내일 솔희의 알바가 끝난 뒤 오후 다섯 시에 만나기로 한다. 그러면서 티티의 옛 주인은 말랭이에게 절대로 먹이면 안 되는 여덟 가지 식품을 메모해두라며 호들갑을 떤다. 스포츠댄스학원의 강사가 신신당부한 거란다.

솔희는 조금 귀찮다는 생각도 들었지만 볼펜과 메모지를 가져와서 받아 적는다. 술, 우유와 유제품, 커피, 마늘과 양파, 아보카도, 포도, 초콜릿, 생선이나 동물 뼈, 특히 치킨 뼈.

이해할 수 없는 게 우유와 유제품이다. 개가 우유를 못 먹다니. 솔희가 왜 그러냐고 묻자, 반려견들이 소화를 못 시키기 때문이라고 한다. 그러고 보니 예전에 반지를 키울 땐 우유를 먹였다. 무식한 엄마 때문에 반지가 고생했구나, 미안. 그리고 초콜릿은 카카오 함량이 높아서 신장에 무리를 주기 때문이란다. 심할 경우엔 생명까지 앗아간다고 한다.

그리고 말랭이가 밤에 자다가 심하게 짖는 버릇이 있는데 절대로 야단치거나 때리지 말라고 한다. 잘 토닥여주라고 한다.

남성용 가죽장갑을 들고 조용히 현관문을 나선다. 202호의 공방아줌마가 혹시 느닷없이 문을 열고 나올까 조마조마해하면서 솔희는 3층 계단을 오른다. 302호의 초인종을 누른다. 그런데 반응이 없다. 몇 차례 더 누른다. 역시 아무 반응이 없다.

솔희는 다시 조용히 계단을 내려온다. 2층 계단을 거의 다 내려섰을 때 202호의 현관문이 소리 없이 열린다. 공방아줌마의 얼굴이 보인다. 솔희와 눈길이 마주친다. 솔희는 순간 소름이 돋았지만 애써 태연한 척하며 가볍게 인사한다. 그러나 공방아줌마는 인사를 거절한다. 말없이 솔희를 싸늘하게 노려볼 뿐이다. 그러다가 역시 말없이 거세게 현관문을 닫는다.

솔희는 1층까지 내려온다. 빌라 건물 밖으로 나간다. 눈이 내린다. 밤하늘에서 하얗게 쏟아진다. 길 건너 맞은편의 가로등 불빛을 하얗게 덮으며 쏟아진다. 온 세상을 덮을 듯하다. 빌라 마당에 금세 눈이 쌓인다. 솔희는 눈을 밟으며 몇 걸음을 옮긴다. 302호를 올려다본다. 전깃불이 꺼져 있다. 해아저씨는 집에 없다. 미리 확인하고 올라갈걸 그랬다.

그런데 해아저씨는 눈이 쏟아지는 이 추운 밤에 혹시 또 폐지를 모으러 간 걸까.

아니면, 그곳에 갔을까.

4

눈이 상상을 뛰어넘게 많이 쌓였다. 그림 같은 겨울 아침
이다.

작은 도시가 온통 하얀 눈의 왕국으로 변했다.

아침 하늘은 햇빛으로 눈부시다. 까치 두 마리가 전봇대에
앉아서 햇빛으로 깃을 털며 간밤의 추위를 녹이고 있다.

지상의 곳곳에서 사람들이 부지런히 눈을 치우고 있다. 다행
히 바람이 없어서 눈을 치우기가 조금은 수월하다.

아침부터 어디를 다녀오는지 성당의 수녀님들이 눈을 치우
고 있는 슈퍼의 주인 남자와 그의 아내인 통장여자에게 웃으며
아는 척을 한다. 고생이 많다고 인사하며 언덕길을 오른다. 그
녀들이 조심스레 오르는 언덕길의 오른쪽 길가엔 다행히도 아

침 햇살에 눈이 많이 녹았다. 그래도 수녀님들은 아주 천천히 조심조심 미끄러운 언덕길을 오른다. 솔희는 그런 수녀님들의 뒷모습을 잠시 바라보다가 다시 눈을 치우기 시작한다.

시냇가빌라 마당에 잔뜩 쌓여 있던 눈은 다 치웠다. 은행나무도 툭툭 건드려서 눈을 털어내어 한쪽 구석으로 몰았다. 빌라 입구도 치우고 이젠 길가의 눈을 치우는 중이다. 눈이 장난이 아니다.

땀이 난다. 가슴과 등이 흥건히 젖었다.

길 건너의 맞은편에서 통장여자가 솔희에게 소리를 지른다. 잠깐 슈퍼로 건너오란다. 커피 한잔을 마시고 하란다.

솔희가 웃으며 알았다고 대답하고 길을 건너가려는데 아래층여자가 다가온다. 그녀는 아침부터 약국을 다녀오는 길이다. 몸살감기에 걸렸단다. 아파서 얼굴을 잔뜩 찌푸리긴 했어도 솔희에게 딱히 시비를 걸거나 잔소리를 하지는 않는다. 어지간히 몸이 안 좋은 모양이다.

간밤에 해아저씨는 늦게 귀가했다. 솔희가 밤 열 시쯤에 밖에 나가 확인했을 땐 302호의 전깃불이 꺼져 있었다. 그런데 밤 열두 시가 조금 안 돼서 확인했을 땐 전깃불이 켜져 있었다. 해아저씨는 어디를 갔다 온 것일까.

솔희가 길을 가로질러 슈퍼로 간다.

손님들이 많다. 무더운 여름에는 오색콩국수나 오이냉국에만 오색냉국수를 많이 찾지만, 추운 겨울에는 따뜻한 국물의 오색잔치국수나 오색만둣국을 많이 찾는다.

솔희는 두 배로 바쁘다. 지난주부터 그만둔다고 했던 서빙 담당 아가씨가 어제 날짜로 그만두어서다. 그래서 솔희는 가끔 실수를 저지른다. 테이블 번호를 헛갈려서 다른 음식을 갖다 주거나, 깍두기를 또 갖다 준다.

인생국수집 주인여자는 사람이 좋다. 홀아버지가 일본어 실력만 믿고 일본의 후쿠오카에 엉뚱한 남성의류사업을 벌였다가 망했을 때 그 빚이며 뒤치다꺼리를 혼자 해결했단다. 물론 홀아버지에게 싫은 내색 한번 안 하고 말이다. 홀아버지는 다시 국내로 들어와 서울에서 남성의류사업을 벌였는데 다행히 큰돈은 못 벌었어도 사업은 그런대로 잘 유지가 되고 있단다. 주인여자의 작은언니가 이어받아서 운영하고 있단다. 그리고 홀아버지가 3년 전에 북한산의 겨울 등산길에서 심장마비로 돌연 사망했을 때 들어온 부조금을 홀아버지의 이름으로 그의 모교 고등학교에 장학금으로 내놓았단다. 그녀의 돈도 조금 더 보냈단다. 지금도 그녀는 인생국수집에서 나오는 수익금 일부를 사회의 그늘에서 힘들게 살아가는 사람들을 위해 기부하고 있다. 참 좋은 사람이다.

솔희가 9번 테이블의 그릇들을 서빙 카트에 담다가 수저와 젓가락들을 바닥에 떨어뜨렸다. 주인여자가 솔희 보고 재미있다는 듯 너그럽게 웃는다. 솔희는 어쩔 줄을 몰라서 옆 테이블의 손님들에게 미안하다고 사과하기에 바쁜데 말이다.

눈이 또 내린다. 창밖의 하늘이 온통 하얗다. 올겨울엔 유난히 눈이 잦다. 한가해진 인생국수집. 솔희가 알바를 마칠 즈음이면 국수집도 자연스레 한가해진다. 그리고 두 시간쯤 후부터 다시 바빠진다. 저녁타임이 시작되는 것이다. 눈이 또 오네요, 주인여자가 직원들을 향해 웃으며 한마디 한다.

솔희는 주인여자가 건네주는 만두 봉지를 들고 인생국수집을 나선다. 눈은 점점 많이 내린다. 어느새 사람들의 머리와 어깨가 하얗다. 한 쌍의 어린 연인은 뭐가 그렇게도 좋은지 마냥 신난 얼굴들이다. 빨간 털모자엔 하얀 눈이 계속 달라붙는다. 아무래도 하얀 털모자가 될 듯하다.

솔희는 그냥 눈을 맞으며 걷다가 도저히 안 되겠다 싶어서 우산을 편다.

솔희는 카페로 향한다. 약속시간까지 '자유로운 악어'에 도착할 수 있을지 모르겠다. 눈이 정말 많이 내린다. 바람도 약간 섞였다. 점점 우산 속을 파고드는 눈발.

솔희가 카페에 들어섰을 때 티티의 옛 주인은 아직 오지 않았다. 눈이 많이 내려서 차가 더디게 오는 모양이다. 솔희는 실내의 따뜻한 공기로 몸을 녹이며 눈발이 날리는 창밖을 바라본다. 카페는 1층인지라 길거리의 풍경들이 실감 나게 시야에 들어온다. 눈을 흠뻑 맞은 은행나무들이 가장 먼저 눈에 들어온다. 그리고 웬 자전거 한 대가 은행나무에 기대어 서 있다. 카페의 손님이 타고 온 것인지, 원래부터 거기에 있던 길 잃은 자전거인지는 모르겠다. 자전거 역시 눈을 흠뻑 맞고 있다.

이 작은 도시는 가로수가 온통 은행나무다. 시목으로 왜 은행나무를 선택했는지 의아할 정도다. 해마다 가을이면 은행나무의 냄새 나는 열매 때문에 사람들이 곤욕을 치르는데도 다른 나무로 바꾸지 않는다. 잎이 모두 떨어진 겨울엔 더 을씨년스러워 보인다. 겨울을 더 춥고 황량하게 만드는 나무다.

따뜻하고 아늑한 토끼 굴 같은 카페엔 주인은 안 보이고 핑크색 머리의 알바생이 가게를 지키고 있다. 그녀는 방탄소년단이 춤추며 노래하는 텔레비전에서 눈을 떼지 못하고 있다. 표정을 보니 영락없는 아미다. 화면에선 전 세계 아미들의 신적인 존재인 일곱 명의 소년들이 혼신을 다해 노래를 부르고 있다. FAKE LOVE. 널 위해서라면 난 슬퍼도 기쁜 척할 수가 있었어. 널 위해서라면 난 강한 척할 수가 있었어……. 널 위해 예쁜 거짓을 빚어내 날 지워 너의 인형이 되려 해. 가사도 아미들이 흠뻑 빠져들 만하다.

소형승용차 한 대가 카페 앞의 길가에 와서 멈춘다. 티티의 옛 주인이다.

카페로 들어온 그녀가 동물 이동가방과 쇼핑백을 들고 솔희의 테이블로 온다.

"많이 기다렸지?"

"아뇨, 저도 조금 전에 왔어요."

작은 이동가방 속의 말랭이가 보인다. 사진으로 보았던 모습보다 한결 더 인물이 낫다. 티티의 옛 주인이 카페 알바생의 허락을 받고 말랭이를 꺼낸다. 솔희가 이리 오라고 손짓하자 망설임 없이 밝고 환한 표정으로 테이블을 건너 솔희에게 온다. 성격이 참 좋은 아이다.

"개새끼 때문에 한바탕하느라고 늦었어. 말랭아, 너 얘기 하는 거 아냐."

티티의 옛 주인은 조금 기분이 안 좋은 표정으로 물을 벌컥 벌컥 마신다. 그러더니 자신의 남편 욕을 늘어놓는다. 시어머니가 전통시장에 김치가게를 여는 문제로 어젯밤부터 남편과 대판 싸웠단다. 시어머니가 김치를 담그는 사람들을 고용하는데 하필이면 주거불명이거나, 혼자 살거나, 지적장애가 있는 아줌마들이나 할머니들을 고용한다고 해서 싸웠다는 것이었다. 시어머니는 그런 사람들을 고용해야 부려먹기가 좋고 인건비도 싸게 먹힌다는 것이 이유였다. 그래서 티티의 옛 주인이 시어머니한테 그러지 말라며 쓴소리를 한마디 했더니 남편이 그 난리를 피우면서 그녀에게 화를 냈다. 그럼 네가 혼자 김치를 다 담가. 김치도 혼자 팔고. 그렇게 소리를 지르면서 생난리를 피우더라는 것이었다. 그 부부싸움이 아침에도 다시 이어져 급기야 그녀는 남편한테 주먹으로 머리를 얻어맞았다. 그래서 그녀는 울며불며 병원에 가서 진단서를 끊고 조금 전에 경찰서에 갔다 오는 길이라고 했다. 이번엔 어떤 일이 있어도 고소를 취하할 생각이 없단다. 그 개새끼, 정신 좀 차려야 돼.

어쨌든 그 바람에 스포츠댄스학원에 가는 시간이 늦어졌단다.

그녀와 솔희는 트로피컬커피를 마시며 말랭이 얘기를 나

눈다.

"잘 키우고 신경 써서 결혼 잘 시켜."

"네."

"아기들이 태어나면 꼭 연락하고. 분양할 땐 내가 도와줄 테니깐."

그러면서 그녀는 솔희에게 쇼핑백을 건넨다. 말랭이의 옷들이라고 했다. 그러면서 남편한테 맞았다는 머리가 계속 신경쓰이는지 가끔 머리의 무스탕 빵모자를 만지작거린다.

솔희가 남편한테 처음으로 손찌검을 당한 것은 신혼여행 때였다. 솔희가 망고주스를 사다달라고 했는데 남편이 엉뚱하게도 콜라를 사오는 바람에 그것을 거절했다는 이유에서였다. 미얀마의 유명한 불교사원으로 가는 도중이었는데 많은 관광객들 앞에서 자신을 무시하고 망신을 주었다는 것이었다. 관광객이 많았던 것은 사실이지만 솔희 부부의 콜라에는 아무도 신경 쓰지 않았는데도 말이다. 그러면서 남편은 아무거나 마시면 되지, 왜 사다준 성의를 몰라주느냐며 콜라 캔으로 솔희의 머리를 기분 나쁘게 툭툭 쳤다. 그제야 젊은 미국 여성들이 솔희 부부를 바라보았다. 결국 그날 저녁에 두 사람은 호텔방에서 크게 말다툼을 벌였고 그가 솔희의 뺨을 때렸다. 물건들을 마구 집어던졌고. 일주일의 허니문 동안 솔희는 그런 식으로 세 번을 얻어맞았고, 나흘을 연속으로 싸웠다. 그때부터 솔희는 가슴울렁증이 생겼다. 남편의 얼굴을 볼 때마다 늘 심장이 떨리고 울렁거렸다. 오늘은 또 무슨 핑계로 그가 짜증을 내고 화를 내고 물건을 집어던지고 방문을 발로 걸어차고 주먹을 쥐고 달려들까. 조마조마하고 불안했다. 그래도 솔희 몰래 딴짓을 하리라고는 꿈에도 몰랐다. 남편은 대학교 때 솔희에게 사랑을 고백하며 헤어졌던 윤주와 거의 날마다 카톡문자를 주고받았다. 두 사람은 솔희가 회사에 출근하고 나면 만나서 즐거운 시간을 보냈다.

솔희는 자유로운 악어에서 나올 때 티티의 옛 주인에게 만두 봉지를 건넨다.

눈이 말도 못 하게 쌓였다. 곳곳마다 눈더미다. 사람들도 차량들도 눈 속에 파묻혀 움직인다. 눈발이 여전히 날리면서 솔희는 두 번이나 미끄러질 뻔했다. 한 손엔 우산을 들고 한 손엔 동물 이동가방과 쇼핑백을 든 채 눈길을 걷는 게 생각보다 너무 힘들다.

어느새 날이 캄캄해지고 멀리 시냇가빌라가 보인다. 언덕길을 올라야 하는데 큰일이다.

방에 들어와 티티와 말랭이를 인사시킨다. 의외로 티티는 도망가고 말랭이는 쫓아다닌다. 우습다. 티티가 저런 반응일 줄은 미처 몰랐다.

솔희는 옷을 갈아입고 현관문을 나선다. 눈을 치우기 위해서다. 시냇가빌라의 마당과 입구, 언덕길이 온통 눈으로 덮였다. 눈이 그치길 기다렸다가 치워도 되지만 대충이라도 한번 치워놓는 게 나중에 치울 때 수월하다. 해아저씨가 도와줄 때도 있긴 하지만.

눈을 치우고 뒤를 돌아보면 금세 또 눈이 하얗게 내려앉는다. 101호의 아래층여자가 아직도 몸살감기가 낫지 않았는지 얼굴에 마스크까지 쓰고 나와서 우편함을 뒤진다. 그리고 건물 현관에 서서 눈 내리는 밤하늘을 잠시 올려다본다. 눈을 치우고 있는 솔희를 무심히 한번 쳐다보고는 다시 집으로 들어간다. 102호에 사는 여중생 아이는 슈퍼에서 물건을 사갖고 오다가 솔희를 보고는 인사한다.

"맛있는 거 샀나 보네?"

"호빵요."

"할머니는?"

"집에 계세요."

아이가 웃으며 대답한다. 호빵은 할머니와 먹을 것이다. 아이의 할머니는 겨울 동안엔 얼굴을 볼 수가 없다. 몇 년 전에 뇌졸중수술을 받아서다. 그래서 따뜻한 봄이 와야 그녀를 볼 수 있다. 시냇가빌라 맞은편의 영진빌라에 사는 알코올중독할머니가 그녀의 친언니다. 알코올중독할머니는 술에 취했을 때마다 102호에 찾아와 소란을 피운다. 술을 마시지 않으면 더없이 조용하고 얌전하고 정성스레 마늘을 빻아서 맛있게 김치도 담그는 할머니다. 그런데 술만 마시면 사람이 변한다. 이웃 사람들은 아랑곳없이 소리를 지르고, 신세한탄을 하고, 도무지 무슨 말인지 못 알아들을 소리를 중얼거리고, 자기 여동생이 아픈 것에 대해 대성통곡을 한다. 그녀는 새벽이고 낮이고 밤이고 가리지 않고 아무 때나 술만 취하면 찾아와서 한바탕 소란을 피우는 것이다. 그때마다 옆집인 101호의 아래층여자가 찾아가서 대판 싸우고는 한다. 그렇게 잠잠해진 알코올중독할머니는 여중생 아이에게 이끌려 영진빌라로 돌아가지만 그때뿐이다. 술버릇이 고쳐지지 않는다. 술에 취하면 다시 102호에 찾아와 반복하는 것이다.

솔희는 가로등 주변을 치우고 언덕길을 치우려다가 빌라의 3층을 올려다본다. 302호에 전깃불이 켜져 있다.

솔희가 해아저씨와 뜻하지 않게 동침한 것은 하루가 멀다 하고 눈이 내리던 지난해 12월의 끝 무렵이었다. 해아저씨는 피와 흙이 묻은 손과 얼굴을 씻고는 내복 차림으로 곧장 자신의 집으로 돌아가려고 했다. 그런데 솔희가 붙잡았다.

주무시고 가세요.

그러나 솔희가 해아저씨를 붙든 것은 섹스를 하고 싶어서가 아니었다. 무서워서였다. 새벽 두 시가 조금 넘었는데 도저히 혼자서 남은 밤을 보낼 수가 없었다. 해아저씨는 조금 망설이더니 쑥스러운 표정으로 고개를 끄덕였다.

어제 저녁식사도 못 하셔서 배도 많이 고프시죠?

조금.

해아저씨는 어젯밤에 밥 대신 2리터의 생수만 벌컥벌컥 마셨다.

얼른 밥 해드릴게요.

네.

그리고 겉에 입으실 옷 좀 아무거라도 드릴까요? 집에 남자옷은 없지만.

그럼 바지만. 아무 바지라도.

그럴게요.

그때 티티가 화장실에서 몹시 울어댔다. 그 바람에 해아저씨가 놀라서 어쩔 줄을 몰라 했다. 그렇게 마음이 여린 사람이었다.

솔희가 화장실로 가보니 바닥의 배수구에 약간 남아 있던 핏물을 보고 티티가 소리를 질러댄 것이었다. 피 냄새 때문에 흥분한 듯했다. 배수구의 핏물은 해아저씨가 손과 얼굴에 묻은 피와 흙을 씻어내며 조금 남아 있던 것이었다. 솔희가 미처 말끔히 정리하지 못했기 때문이었다.

솔희가 그녀의 겨울체육복바지를 가져다주자 해아저씨가 입었다. 그의 하체는 여느 남자들처럼 길어서 솔희의 바지가 눈에 띄게 짧았다. 다른 바지를 갖다 주고 싶었지만 다른 바지 길이도 다 그쯤이라서 도리가 없었다. 그러나 정작 해아저씨는 만족한 듯 아무 말도 하지 않았다. 해아저씨의 피 묻은 겉옷들은 어느 폐가에서 해아저씨가 모두 벗어서 처리했다. 그래서 내복 차림으로 트럭을 운전해서 시냇가빌라로 돌아온 것이었다.

솔희는 쌀을 씻어 밥을 안치고 냉장고를 열었다. 반찬이 아무것도 없었다. 배추김치와 어리굴젓뿐이었다. 어리굴젓도 거의 찌꺼기뿐이었다. 냉동실엔 그나마 돼지고기삼겹살이 있었다. 두 달 전쯤에 엄마와 올케언니가 방문했을 때 구워 먹고 남은 것이었다.

솔희는 찌개를 끓이기로 했다. 어차피 반찬도 없는 데다가 날도 추웠기 때문이었다. 솔희는 패딩점퍼를 입고 털모자를 쓴 뒤 지갑을 챙겼다. 24시간 영업을 하는 식자재마트에 다녀올 생각이었다. 해아저씨는 켜놓은 텔레비전을 보는 둥 마는 둥 멍한 표정으로 응시하고 있었다. 솔희가 인기척을 내자 그가 돌아보았다.

잠깐 나갔다 올게요.

이 시간에요?

금방 와요.

괜찮겠습니까?

네.

솔희는 현관문을 나와 문을 닫다가 핏자국을 발견했다. 문의 바깥 면에 핏자국이 두세 군데 엷게 묻어 있었다. 해아저씨가 드나들며 마대자루들을 옮기다가 묻힌 것이었다. 솔희는 다시 집 안으로 들어가 물티슈를 몇 장 뽑아서 갖고 나왔다. 그리고 핏자국을 모두 지웠다. 물티슈는 화장실의 변기에 넣고 물을 내렸다.

솔희는 빌라 건물을 나와 언덕길 아래를 내려갔다. 쌓인 눈이 장난이 아니었으나 그게 문제 될 리는 없었다. 십여 분쯤 눈길을 걸어서 식자재마트에 도착했다. 참치 캔과 두부, 깻잎 통조림, 상추, 바나나우유와 단팥빵을 샀다. 그리고 되도록 빨리 집으로 돌아왔다.

솔희가 참치와 두부를 넣은 김치찌개를 끓이고, 상추를 씻고, 돼지고기삼겹살을 굽는 동안 해아저씨는 우선 요깃거리로 우유와 빵을 먹었다. 빵을 떼어서 티티에게 주면서.

해아저씨는 우유와 빵을 먹어서인지, 입맛이 없어서인지 밥을 조금만 먹었다. 주로 깻잎장아찌에 밥을 싸서 먹고 김치찌개의 두부를 조금 건져서 먹었다. 잔뜩 구운 돼지고기삼겹살은 한 점도 입에 대지 않았다. 혹시 태워서 그런가 하고 살펴보았지만 삼겹살은 모두 알맞게 구워졌다.

삼겹살을 안 좋아하세요?

네.

그러더니 자신은 돼지고기삼겹살뿐만 아니라, 원래 고기를 못 먹는다고 했다. 소고기, 닭고기 모두 못 먹는다는 것이었다. 솔희는 고기를 못 먹는 사람을 처음 보았다.

생선도 전혀 못 잡수세요?

생선은 먹습니다.

솔희는 그러고 보니 김치찌개에 돼지고기를 넣지 않고 참치와 두부를 넣은 게 천만다행이란 생각이 들었다.

그리고 아침이 올 때까지 솔희와 해아저씨는 함께 잤다. 섹스는 하지 않았다. 솔희는 해아저씨가 몸을 요구하면 순순히 허락할 생각이었다. 그녀를 위해 손과 얼굴과 옷에 피를 묻힌 그에게 뭔가를 보답하는 의미에서라도 당연히 허락해야 한다고 생각했다. 그러나 해아저씨는 솔희의 몸을 요구하기는커녕 가까이 오지도 않았다. 솔희가 단지 혼자서 밤을 보내는 것이 무서워서 자신더러 자고 가라고 한 것을 알아차리기라도 한 듯했다. 건넌방이나 거실에서 자려던 것을 솔희가 안방에서 자라고 해서 그나마 함께 안방에서 잔 것이었다. 솔희는 침대에서 해아저씨와 함께 자도 무방하다고 생각했지만 해아저씨는 티티의 캣타워 옆에서 등이 굽은 새우처럼 잤다. 솔희의 침대를 등지고 누워 잤다. 새우처럼 잔 것은 그의 등에 짊어진 해 때문에 불편해서 똑바로 누워서 잘 수가 없어서인지, 아니면 솔희와의 잠자리가 쑥스러워서인지 알 길이 없었다. 다만 해아저씨는 고단했는지 이내 눈을 감았고 아침이 올 때까지 한 번도 눈을 뜨지 않았다. 겨울바람이 몰아쳐서 베란다의 창문이 요란하게 덜컹대도 단 한 번도 눈을 뜨지 않았다. 티티만 가끔 몸을 뒤척였을 뿐이었다.

솔희는 해아저씨가 자는 동안 형광등을 끈 채 새벽 네 시가 넘어서까지 텔레비전을 보았다. 잠이 오지 않아서였다. 그러다가 텔레비전을 끄고 침대에 누웠다. 그러나 역시 좀체 잠이 오지 않았다. 갑자기 누가 집으로 찾아와 현관문을 두드리거나 초인종을 거칠게 누를 것만 같았다.

주무세요?

나지막이 해아저씨를 불러보았지만 그는 대답이 없었다. 솔희는 살며시 침대에서 나와 해아저씨에게 다가갔다. 그의 등 뒤에 가만히 누웠다. 그의 등을 바라보며 역시 새우처럼 누웠다. 그의 숨소리가 들렸다. 왠지 마음이 평온해지는 느낌이었다. 솔희는 조심스레 그가 등에 짊어진 해를 만져보았다. 부드러웠다. 이상하게도 만질수록 부드러웠다. 자꾸 만지고 싶었다. 그는 깊이 잠들었는지 전혀 미동도 없었다. 그래서 손으로 그의 해를 자꾸 만졌다. 솔희의 얼굴에서 저절로 미소가 지어

질 만큼 재미있고 포근한 느낌이 들었다. 그렇게 한동안 해를 어루만지다가 조심스레 얼굴을 갖다 댔다. 얼굴이 한없이 따뜻해졌다. 역시 따뜻한 해였다. 솔희의 가슴이 더없이 아늑하고 포근하고 평화로워졌다. 그러다가 잠이 들었다.

얼마나 잤을까. 솔희가 눈을 떠보니 늦은 아침이었다. 겨울바람도 그쳤다. 베란다의 창문은 더 이상 덜컹대지 않았다. 조용했다. 해아저씨는 없었다. 솔희의 겨울체육복바지는 반듯이 개어져 있었고 솔희의 몸엔 침대 위에 있던 이불이 덮여 있었다. 해아저씨가 덮어주고 간 것이었다. 그리고 솔희가 사용하는 A4용지에 짧은 메모가 적혀 있었다.

오늘 꼭 병원에 가서 다친 팔을 치료하십시오.

고마웠다. 그가 이불을 덮어준 것도 고마웠고, 솔희가 무서운 밤을 보낼까 하여 쑥스러움도 무릅쓰고 함께 밤을 보내준 것도 고마웠고, 메모도 고마웠다. 무엇보다 솔희를 위해 그의 손과 얼굴과 옷에 피를 묻혀준 것이 고마웠다.

성당으로 가는 언덕 꼭대기의 길까지 눈을 치우고 솔희는 집으로 돌아온다. 눈은 여전히 내린다. 아마 밤새도록 내릴 모양이다.

집에 들어와 남성용 가죽장갑을 손에 든다. 그리고 현관문을 나선다. 공교롭게도 202호의 현관문이 열린다. 공방아줌마와 눈길이 마주친다. 솔희는 얼른 가죽장갑을 등 뒤로 감춘다. 순간, 공방아줌마가 이맛살을 찌푸린다. 눈치를 챘구나.

그런데 공방아줌마는 솔희를 한번 쏘아보고는 그냥 서둘러 계단을 내려간다. 그러고 보니 모자까지 달린 오리털패딩 차림이다. 우산도 들었다. 어디로 급하게 외출하는 모양이다. 솔희는 3층 계단을 오르다가 문득 궁금하다. 공방아줌마는 왜 302호에 예민하게 반응하는 걸까.

솔희는 302호의 초인종을 누른다. 잠시 후 해아저씨가 문을 연다. 솔희를 보고는 무척 놀라는 표정이다. 이 밤중에 웬일이냐는 것이다.

"안녕하세요? 이거, 마트에 갔다가 샀는데 맞으실지 모르겠네요."

솔희가 가죽장갑을 내민다. 그가 잠시 어리둥절해하더니 가죽장갑을 받는다. 마음에 들었는지 이내 해처럼 웃는다.

"고맙습니다."

그는 정말로 고마워한다. 솔희는 선물을 한 보람을 느낀다. 해아저씨처럼 덩달아 기분이 좋다.

"비싼 건 아니에요."

그러나 그는 솔희의 말에 괘념치 않고 정말 고마워하며 다시 한 번 고맙다는 인사를 한다. 솔희더러 집 안으로 들어오란 말은 하지 않는다. 빈말이라도, 잠깐 들어와서 커피라도 한잔 하시겠습니까, 라고 말해주면 좋으련만.

해아저씨는 가죽장갑을 손에 들고 엉거주춤 서 있다. 솔희는 그가 불편해하는 것 같아서 그만 인사를 한다.

"그럼 안녕히 계세요."

솔희가 인사를 하자 그도 인사를 한다. 솔희가 돌아서자 조용히 현관문을 닫는다.

솔희는 계단을 내려오다 말고 멈추어 선다. 다시 올라가서 해아저씨에게 어젯밤에 어디로 외출했었는지 물어보고 싶다. 그러나 그냥 계단을 내려온다.

집에 들어오니 집 안이 난장판이다. 현관의 신발들이 여기저기 흩어져 있고 운동화 끈은 물어 뜯겨 있다. 거실의 쓰레기통은 쓰러져서 나뒹굴고 지저분한 쓰레기들이 바닥에 쏟아져 나와 있다. 안방에 들어가니 화장지가 죄다 풀어져 있고 방바닥엔 솔희의 양말과 팬티들이 흩어져 있다. 빨래를 하려고 며칠 전부터 방구석에 처박아두었던 것들인데 몽땅 끄집어낸 것이다. 텔레비전 앞엔 똥을 싸놓았고, 솔희의 침대 이불 위엔 오줌을 한강처럼 싸놓았다.

　말랭이는 시치미를 뚝 떼고 솔희에게 계속 꼬리를 흔든다. 앙큼한 아이다. 하지만 밝고 활달해서 좋다. 반지도 그랬다. 성격이 참 밝고 활달했다. 그랬는데 남편이 아이의 기를 죽이고 바보로 만들었다. 끝내는 두 살도 안 되어 솔희 곁을 떠났다.

　양치질을 마치고 침대에 앉는데 시신의 핸드폰에서 짧게 신호음이 울린다. 카톡문자가 왔다. 시신의 친구다. 또 다른 친구다. 목포의 아가씨들은 예쁘냐고 묻는다. 그리고 쉬는 날이 언제냐며 한번 서울로 올라와서 뭉치자고 한다. 솔희는 침착하게 답장문자를 보낸다. 목포 아가씨들이 정말 순박하고 예쁘다고, 요즘 계속 중국에서 들어오는 물건들 때문에 정신없이 바쁘지만 언제 휴일에 날 잡아서 서울에 올라가겠다고, 그때 뭉치자고.

　솔희는 시신의 핸드폰을 아까처럼 스탠드옷걸이 옆의 의자 위에 올려놓는다. 침대에 눕다가 일어나 다시 시신의 핸드폰을 집는다. 그리고 핸드폰을 열어 시신의 어머니에게 카톡문자를 보낸다. 목포에서 일 잘하고 잘 지내고 있으니 제발 걱정하지 말라고, 요즘 너무 바빠서 엄마랑 통화할 시간도 없다고, 지금 도 자기 전에 문자 보내는 거라고, 엄마 사랑한다고.

10분쯤 후, 시신의 핸드폰에서 짧게 신호음이 울린다. 카톡 문자가 왔다. 시신의 어머니다. 그러나 솔희는 읽지 않는다.

5

간밤에 눈보라가 거세게 몰아쳤다. 베란다의 창문이 밤새도록 덜컹대고 말랭이가 계속 잠을 안 자며 끙끙대서 솔희는 잠을 설쳤다. 그러다가 겨우 아침녘에 잠이 들었는데 자꾸 초인종이 울린다. 말랭이가 요란하게 짖어댄다.

솔희는 하는 수 없이 침대에서 일어나 현관으로 나간다. 문을 열기 전에 문밖에 대고 누구냐고 묻는다. 대답이 없다. 서너 번 묻자 그제야 말소리가 들려온다.

"접니다."

낮은 목소리의 해아저씨다. 솔희는 재빨리 현관 옆의 거울을 보고 머리와 얼굴을 만진다. 처음이다. 해아저씨가 아침부터 찾아온 것은. 문제가 생긴 걸까. 심호흡을 한 뒤 솔희는 문을 연다.

"혹시 주무시는데 깨운 게 아닌지."

"아뇨, 아까 일어났어요. 그런데?"

"이거요."

해아저씨가 검은 비닐봉지를 내민다. 솔희가 목례를 하며 비닐봉지를 받아드니 웬 군고구마 냄새가 난다.

"군고구마 좀 잡수시라고."

"어머!"

솔희가 정말 좋아서 활짝 웃는다. 이번 겨울 들어 군고구마는 처음이다. 무척 좋아하지만 여러모로 여유가 없어서 여태껏 못 먹었다. 비닐봉지 안을 들여다보니 하얀 종이로 싼 제법 굵은 군고구마 두 개가 들어 있다. 방금 구운 것처럼 뜨겁다.

"제가 군고구마를 아주 좋아하거든요. 잘 먹을게요. 고맙습니다."

솔희가 거듭 인사한다. 문득 궁금해진다. 해아저씨가 아침부터 어디에서 군고구마를 사왔을까. 요즘 겨울엔 군고구마를 아침나절에도 파는 건지. 그래서 혹시 값이 비싸서 두 개밖에 안 샀나.

"사오셨나 봐요?"

"아닙니다. 제가 조금 전에 집에서 구운 겁니다."

"어머!"

"가죽장갑도 고맙고 해서요. 달리 드릴 것도 없고, 미안합니다."

"아니에요. 오히려 제가 고맙습니다. 정말 잘 먹을게요."

어느 틈에 쫓아 나온 말랭이가 해아저씨의 발과 다리를 킁킁대며 냄새 맡고 있다.

"개도 키우십니까?"

"네, 누가 키우라고 맡겨서."

"고양이는요?"

"티티요? 같이 키워요."

"개와 고양이는 잘 싸운다고 하던데."

"아뇨, 우리 집 아이들은 안 싸우고 잘 지내요."

"그렇군요."

해아저씨가 허리를 숙여 말랭이의 머리를 쓰다듬는다. 말랭이가 낯을 가리지 않고 꼬리를 흔든다. 솔희는 그런 해아저씨를 잠깐 집 안으로 들여 커피라도 한잔 마시게 하고 싶다. 그러나 곧 단념한다. 집 안이 너무 지저분하다. 안방도 엉망이다. 어차피 그는 들어오지도 않을 것이다.

해아저씨가 계단을 올라가는데 그제야 말랭이가 생뚱맞게 짖는다. 또 놀러오세요. 아무래도 그러는 것 같다.

군고구마는 정말 맛있다. 두 아이도 어찌나 맛있게 잘 먹는지 모른다. 까맣게 탄 껍질까지 먹으려고 달려드는 말랭이.

솔희는 남편이 몰래 윤주를 다시 만나는 것과는 별개로, 그의 인성을 대함에 있어서도 많은 어려움을 느꼈다.

신혼여행을 거의 싸움으로 지내고 돌아온 며칠 뒤의 일이었다. 솔희는 귀여운 반려견을 키우고 싶었다. 그것은 그녀가 결혼하기 전부터 꿈꿔온 것이었다. 정신없이 바쁘고 생활이 불안정한 솔로 시절엔 반려견을 제대로 돌볼 여유가 없어 키우는 건 엄두도 내지 못했다. 그래서 결혼을 하면 사랑하는 남편과 안정된 생활 속에서 행복하게 반려견을 키우는 것이 그녀의 꿈이었다.

솔희는 그 계획을 실천하기로 하고 여기저기 반려견을 알아보면서 남편에게도 말했다.

개를 한 마리 키우고 싶어.

개?

응.

무슨 개?

무슨 개는. 그냥 조그맣고 귀여운 강아지.

식용견으로 키우려고?

무슨 말을 그렇게 해?

개를 키우는 게 그렇게 쉬운 줄 알아? 사람 키우는 거랑 똑같은 거야.

걱정하지 마. 똥오줌은 내가 알아서 처리할 테니까. 목욕도.

남편은 불만이었지만, 네 마음대로 하라며 묵인했다. 솔희는 이틀 뒤에 요크셔테리어 한 마리를 입양해서 키우기 시작했다. 여자아이였는데 이름은 반지라고 지었다.

그런데 남편은 솔희가 없을 때마다 반지를 심하게 구박했다. 주먹으로 때리고 발길질을 했다. 한번은 건넌방 앞에서 남편이 발길질을 하는 바람에 반지가 나가떨어지며 식탁다리에 심하게 부딪쳤다. 베란다를 청소하고 거실로 들어오다가 그 장면을 목격한 솔희가 화를 내자 남편은 오히려 반지가 혼날 짓을 했다고 강변했다. 그는 자신의 잘못된 행동을 조금도 인정하지 않았다. 그리고 그 다음부턴 아예 솔희 앞에서도 대놓고 반지를 구박하고 때렸다. 거실 바닥에 떨어진 달걀프라이 조각을 먹었다는 둥, 물티슈의 포장지를 물어뜯어놓았다는 둥, 게임을 하는데 자꾸 낑낑거리며 신경을 거슬리게 했다는 둥, 구박하고 때리는 이유도 가지가지였다. 그때마다 솔희가 화를 내고 말리고 했지만 소용없었다. 그러다가 어느 날 남편은 반지가 자기 핸드폰에 침을 묻혔다는 이유로 반지의 머리를 주먹으로 세게 때렸다. 반지가 거의 죽음 직전까지 갔다. 비명과 동시에 두 눈이 뒤집히더니 숨을 제대로 못 쉬는 것이었다(그 당시에 왜 남편을 경찰에 신고하지 않았는지 모르겠다. 이제 와서 다 무슨 소용이 있을까마는). 솔희는 너무 황당하고 화가 나고 반지가 불쌍해서 눈물을 쏟아내며 남편에게 달려들었다. 그런데 이번에도 남편은 오히려 큰소리를 치며 반지의 잘못을 들먹였다. 애당초 거실 바닥에 핸드폰을 놔둔 자신의 잘못은 생각도 않고. 개의 본능대로 바닥에 있는 물건을 입에 물었으니 침이 묻을 수밖에 없다는 것은 생각도 않고.

솔희는 반지를 데리고 동물병원에 갔다. 그런 후 수없이 병원에 전화하고 수없이 병원을 들락거렸다. 반지의 뇌에 이상이 생겼다고 수의사가 말했기 때문이었다. 다행히 두개골파열은 없지만 뇌출혈증세가 있다는 것이었다. MRI촬영과 수술과 입원, 그리고 솔희의 돌봄으로 반지의 건강은 많이 좋아졌지만 완치는 불가능했다. 반지는 항상 몸을 게처럼 해서 옆으로 걸었다. 가끔 머리를 쥐어짜듯 흔들고 이상한 소리를 내며 빙글빙글 돌고, 그러다가 부딪히고 쓰러졌다.

그 와중에도 반지는 기특했다. 솔희에게 처음부터 교육받은 습관을 다행히 잊지 않은 것이었다. 바로 대소변을 보는 일이었다. 반지는 꼭 화장실로 가서 바닥에 용변을 봤다. 솔희가 청소하기 쉽도록 하기 위해서였다. 그래서 옆으로 걸어 다니는 탓에 거실의 여기저기를 부딪치면서도 꼭 화장실로 향했다.

그런 어느 날, 솔희는 아산 시골의 고향집에 다녀오기 위해 집을 비웠다. 시골의 가뭄이 극심했기 때문이었다. 붕어가 많기로 유명한 고향의 저수지마저 가뭄으로 바닥을 드러내서였다. 그 바람에 부모님은 농사에 손을 놓고 울상으로 하루하루를 살아가는 것이었다. 그래서 위로 겸 무슨 일이든 조금이라도 도움이 될까 싶어서 엄마한테 간 것이었다. 엄마는 그 지긋지긋한 가뭄 속에서도 딸이 왔다고 이것저것 맛있는 음식을 해주며 환대를 해주었다. 그 고마움에 솔희는 예정과 달리 이틀이나 지내고 신혼집에 돌아왔다. 엄마는 솔희의 남편인 최 서방에게 갖다 주라며 직접 담근 오가피주와 더덕주, 닭백숙 등을 싸주었고.

신혼집의 현관문을 열고 들어서는 순간 깜짝 놀랐다. 반지가 목줄을 한 채 현관의 손잡이에 묶여 있는 것이었다. 가뜩이나 몸이 불편한 아이를 묶어놓은 것에 경악한 솔희는 눈물이 왈칵 쏟아졌다. 반지를 풀어주면서 남편에 대한 분노가 들끓었다. 그러나 남편은 집에 없었다. 그리고 솔희의 마음이 더 아픈 것은 반지가 묶여 있던 현관 바닥이 깨끗한 것이었다. 반지의 털들만 보이고 반지가 대소변을 본 흔적이 없었다. 남편이 청소를 한 것이 아니었다. 아니나 다를까. 솔희가 목줄을 풀고 반지를 거실에 내려놓자마자 반지는 몇 번이나 쓰러지고 부딪치면서 바로 화장실로 향했다. 솔희는 얼른 반지를 안아서 화장실에 내려놓았다. 반지는 솔희가 집을 비운 이틀 동안 단 한 번도 대소변을 보지 않은 것이었다. 반지는 화장실을 다녀온 뒤에야 솔희 앞에서 정신없이 물을 먹고 사료를 먹었다.

남편이 밤 아홉 시경에 귀가했다. 회사를 그만두겠다고 계속 말해왔던 터라, 회사를 다녀오는 것인지 아니면 다른 볼일로 외출했다가 귀가하는 것인지는 몰랐다. 솔희는 반지를 왜 현관에 묶어놓았느냐고 물었다.

몸도 불편한 아이를 내가 없는 이틀 동안 계속 묶어놓은 거야?

화장실에서 똥을 누면 내가 치워야 하잖아.

그래서 묶어놨어?

개똥 만지는 거 좋아하는 사람이 어딨냐? 더럽잖아. 병균도 옮기고.

남편은 휴지로 반지의 똥을 집어서 변기에 넣고 물을 내리는 것조차 끔찍하게 싫은 것이었다. 아주 더럽게 생각하는 것이었다. 그래서 반지가 화장실이 아니면 절대로 대소변을 보지 않는 걸 악용한 것이었다.

결국 반지는 남편이 결혼 7개월 만에 기어이 회사를 그만두고 솔희가 화공약품회사를 다니기 시작할 무렵에 무지개다리를 건넜다. 솔희가 유산을 한 뒤 계속 마음이 힘들 때여서 슬픔이 더 컸다.

남편은 말 한마디를 해도 사람의 마음을 콕 집어서 아프게 했다. 솔희의 큰고모가 죽었을 때도 그랬다. 큰고모는 솔희가 태어났을 때부터 유달리 솔희를 예뻐했다. 솔희가 대학교에 합격했을 때는 누구보다도 기뻐해서 1학년 동안의 등록금을 모두 지원해주었다. 큰고모가 살림이 그다지 넉넉하지 못해서 그정도였지, 형편이 조금만 나았더라도 솔희의 4년 등록금을 전부 지원해주었을 것이었다. 그런 큰고모가 밭에서 연일 감자를 캐며 일하다가 갑자기 쓰러져서 끝내 못 일어나고 죽은 것이었다. 솔희의 슬픔은 이만저만이 아니었다. 그래서 회사를 조퇴하고 장례식에 다녀왔다. 그랬는데 그날 밤에 솔희가 집에 들어서자마자 남편이 하는 말이 너무 어이가 없었다.

육개장은 잘 먹고 왔니?

어린아이도 아니고, 농담도 아니고, 일껏 슬프게 장례식에 다녀온 사람한테 무슨 말을 그 모양으로 하는지 몰랐다.

그렇게 그의 언어는 너무 폭력적이었다. 시도 때도 없이 휘둘렀고 걸핏하면 솔희의 가슴을 찔렀다. 칼보다도 더 아팠다. 언어에 관한 한 세상엔 세 가지 부류의 인간이 있다. 언어가 보물인 인간, 언어가 단순한 생활도구인 인간, 그리고 언어가 살인도구인 인간. 남편은 세 번째 부류의 인간이었다.

솔희는 육개장이란 말에 너무 화가 나고 정나미가 떨어져서 한 달가량 남편과 말을 안 했다. 그러나 그의 살인도구는 변하지 않았다.

팬티를 갈아입으려고 하는데 갈아입을 팬티가 없다. 빨아놓은 팬티들은 아직 마르지 않았다. 솔희는 그냥 하루 더 입기로 한다. 겨울엔 속옷 빨래 때문에 가끔 애를 먹는다.

얼굴 화장을 마치고 양말을 고르는데 말랭이가 티티에게 자꾸 장난을 건다. 티티는 그것이 싫은지 도망만 다니고 말랭이는 계속 쫓아다닌다. 티티가 쩔쩔매고 도망 다니는 모습이 우습다. 이래 봬도 티티는 그 소름 끼치는 바퀴벌레를 아주 우습게 잡은 용감무쌍한 아이인 것이다. 솔희는 잡을 엄두는커녕 징그럽고 혐오스럽고 무서워서 가까이도 못 하는 바퀴벌레를 말이다. 작년 여름에 티티가 바퀴벌레를 잡아 죽인 후 지금까지 한 번도 집 안에서 바퀴벌레를 본 적이 없다.

그날, 솔희가 밤늦게 잠자리에 들려다가 깜박 잊고 가지오이 냉국을 냉장고에 넣어두지 않은 게 생각났다. 그래서 방을 나가서 주방의 불을 켰는데 순간적으로 뭔가 검은 물체가 도마 뒤로 들어가는 것이 보였다. 솔희는 긴가민가하면서도 은근히 겁이 났다. 그래도 도마 뒤로 숨은 게 무엇인지 확인하고 싶었다. 살금살금 다가가 세워져 있던 도마를 앞으로 뉘었다. 그랬더니 뜻밖에도 검은 바퀴벌레 한 마리가 촉수를 흐느적거리며 소름 끼치게 모습을 드러냈다. 순간 솔희는 비명을 질렀다. 바퀴벌레는 어른 손가락의 절반 크기였는데 마치 날개를 펴고 금방이라도 솔희의 얼굴로 날아올 것만 같았다. 너무 무섭고 끔찍했다. 그러나 바퀴벌레는 빛 때문인지, 솔희를 의식해서인지 한동안 도망가지 않고 가만히 있더니 솔희가 뒤로 몇 발자국을 물러서자 비로소 움직이기 시작했다. 숨을 곳을 찾는 듯했다. 솔희는 무엇으로든 잡을 생각은커녕, 도무지 저 끔찍한 벌레를 어떡해야 할지 갈팡질팡 머릿속이 혼란스럽기만 했다. 그사이에 바퀴벌레는 잽싸게 도마 위를 가로지르고 가지오이냉국을 담은 플라스틱 통 옆을 지났다. 그러고는 개수대의 가장자리를 따라 싱크대의 아래로 내려가는 것이었다. 그러더니 싱크대 밑의 구석으로 들어갔다. 솔희는 그저 멍하니 바퀴벌레가 숨은 곳만 한동안 바라보았다. 그러다가 솔희가 방에 있을 때 껌껌한 어둠 속에서 바퀴벌레가 온통 주방을 휘젓고 다녔을 생각을 하니 너무 불결하고 소름이 끼쳤다. 도마는 물론이고, 수저통, 그릇들, 싱크대 벽의 주방용 칼과 과일칼, 그리고 가지오이냉국의 플라스틱 통 등등 모두 더러운 병균을 옮겨놓았을 것만 같았다. 그러나 싱크대 밑의 구석에 숨은 바퀴벌레가 혹시 다시 기어 나올까 봐 무서워서 주방기구는 물론이고 가지오이냉국의 근처에도 가지 못했다. 그런데 만일 주방의 불을 끄고 솔희가 방에 들어가면 어둠 속에서 바퀴벌레가 어김없이 기어 나와 사방을 돌아다닐 것만 같았다. 결국 그날 밤은 주방의 불을 켜둔 채 보냈다. 그런데 다음 날 아침에 늦잠을 자고 일어나 화장실에 가려는데 주방 바닥의 한가운데에 어젯밤의 그 바퀴벌레가 있는 것이었다. 솔희는 또다시 비명을 질렀다. 그런데 이상하게도 바퀴벌레가 꼼짝하지 않았다. 그리고 티티가 쌀통 옆에서 하품을 하며 앉아 있었다. 가만 보니 티티가 바퀴벌레를 잡아 죽인 것이었다. 솔희는 그날 처음으로 고양이가 바퀴벌레를 잡는다는 사실을 알았다. 바퀴벌레 때문에 불결해서 가지오이냉국은 모두 버렸지만 티티가 그토록 대견하고 예뻐 보일 수가 없었다. 그리고 신기하게도 그날 이후로 지금까지 집 안에서 바퀴벌레를 본 적이 없었다.

말랭이는 확실히 장난을 좋아한다. 티티가 감당을 못 한다.

솔희가 인생국수집으로 알바를 하러 가는데 간밤의 폭설 때문에 눈길이 여간 불편한 게 아니다. 사람들이 눈을 치운 곳도 날씨가 워낙 추워서 꽁꽁 얼어붙었다. 빙판길에 넘어지는 청년도 있다. 배달오토바이들은 씽씽 잘도 달린다. 저러니 배달오토바이는 한번 사고가 나면 죽음을 면치 못한다.

초등학교 옆을 지나는데 학교 운동장에선 아이들이 눈싸움을 하고 있다. 독서하는 소년상 위쪽 언덕에선 웬 할아버지가 태극문양이 선명한 방패연을 날리고 있고, 소녀들은 눈 덮인 교정을 배경으로 셀카를 찍는다. 하늘이 눈부시게 파래서 사진은 잘 나올 듯하다. 그러나 날씨가 워낙 추워서인지 평소보다 운동장엔 아이들이 몇 명 되지 않는다. 솔희는 파란 하늘을 가르며 나는 방패연을 구경하며 걷다가 미끄러져 넘어진다. 다행히 다친 데는 없다. 눈을 털고 다시 걷는다. 어떤 여자아이가 걱정스러운 눈빛으로 빤히 쳐다본다.

중년의 사내인데 전날 밤에 마신 술이 덜 깬 듯하다. 꾀죄죄한 밤색 겨울 재킷 주머니에서 담배를 꺼낸다. 함께 온 여자는 주위의 시선을 의식해 만류하지만 그냥 말리는 시늉뿐이다. 사내는 거리낌 없이 담배 한 개비를 꺼내 입에 문다. 라이터를 켜고 담뱃불을 붙인다. 주위 손님들이 힐끔힐끔 사내를 바라본다. 솔희는 당황해하며 얼른 사내에게 다가가 담배를 피우면 안 된다고 말한다. 그러나 사내는 솔희의 얼굴을 빤히 쳐다보며 시큰둥한 표정이다.

"겨우 한 모금 빠는 것 가지고 왜 그래?"

반말까지 한다. 솔희는 어이가 없다. 그러는 사이 담뱃재는 깨끗이 청소해놓은 바닥에 계속 떨어지고 담배 연기는 마냥 홀 안에 퍼진다. 일부 손님들이 콜록거리며 식사를 중단한다. 주인여자는 새로 들여온 식재 때문에 아까 별채로 가서 아직 안 나오고, 급기야 조리실장아줌마가 홀 안에 얼굴을 내밀고 소리를 친다.

"지금 뭐 하시는 거예요? 나가서 피우세요!"

솔희도 다시 한 번 사내에게 담배를 피우지 말라고 제지한다. 그제야 사내와 함께 온 여자가 사내의 손에서 담배를 뺏는다. 바닥에 비벼 끈다. 사내는 그런 여자를 한동안 노려보더니 솔희에게 오색잔치국수 두 그릇을 주문하고는 소주 한 병을 주문한다. 그러고는 함께 온 여자한테 해장을 해야겠다고 말한다.

참 가지가지 한다. 솔희는 은근히 화까지 난다. 조금 딱딱한 말투로 술은 팔지 않는다고 말하자 사내가 발끈한다. 사장을 부르라고 큰소리를 낸다. 마침 별채에서 나와 홀 안으로 들어서던 주인여자가 그 말을 듣고 사내에게 간다. 그리고 차분하게 말한다.

"손님. 저희 가게에선 술을 팔지 않습니다. 보시다시피 아기를 데리고 오는 손님도 있고 어린이들도 많이 오고 해서요."

그러자 사내가 벌떡 일어나더니 다른 국수집에선 술을 파는데 왜 여기만 안 파느냐고 시비를 건다. 주인여자가 빙그레 웃으며 다시 차분하게 말한다.

"그럼 그 집으로 가서 약주를 드십시오."

주인여자의 말에 사내는 말문이 막힌 듯했다가 또 뭐라고 큰소리를 내려고 한다. 그러자 함께 온 여자가 주위 손님들의 시선이 창피했는지 재빨리 일어나 사내를 제지한다. 그리고 사내의 팔을 끌고 밖으로 나간다. 사내가 뭐라고 소리를 지르며 출입문에 침을 뱉고 간다.

인생국수집에 오는 손님들은 대부분 따뜻한 음식을 먹고 추운 몸을 녹이고자 온다. 그런데 더러 황당한 손님들도 있다. 아까의 그 중년사내처럼 담배를 피우거나 팔지도 않는 술을 주문하는가 하면, 냉면은 왜 안 하느냐고 따지는 손님도 있다. 깍두기가 맛있다며 5천 원어치만 팔라고 하는 손님, 아이가 먹게 달걀프라이 한 개만 서비스로 해달라고 하는 손님, 톳이 몸에 좋으니 톳만두를 만들라고 권유하는 손님, 인절미를 정말 공짜로 주는 거냐고 자꾸 묻는 손님, 기왕이면 오색찐빵도 만들어서 팔라는 손님, 계모임을 하겠다며 열일곱 명의 자리를 예약해놓고 펑크를 내는 손님, 올 때마다 국수를 주문해서 먹고 꼭 밥을 달라고 해서 국물에 말아 먹는 손님. 가장 많은 수를 차지하는 난감한 손님은 술을 주문하는 사람들이다. 소주, 막걸리를 많이 찾고 맥주를 찾는 아줌마들도 있다. 한국 사람들은 술을 지나치게 좋아한다. 따뜻하고 맛있는 오색잔치국수나 건강에도 좋은 오색만둣국을 먹으면서 꼭 술을 마셔야 할까.

주인여자는 인생국수집이 장사가 안 돼서 간판을 내리는 한이 있어도 절대 술은 팔지 않을 거란다.

솔희는 주인여자의 경영철학이 마음에 든다.

솔희는 주인여자가 건네주는 만두 봉지를 들고 퇴근을 한다. 시냇가빌라까지 걸어서 25~30분쯤 걸린다. 날이 추워서 다소 시간이 더 걸린다. 그래도 운동 삼아서 항상 도보로 출퇴근을 한다. 오늘도 출근할 때 그랬다. 그러나 퇴근길은 너무나 춥다. 빙판길은 더 미끄럽다. 오후 들면서 날이 흐려지더니 매서운 바람까지 분다. 아무래도 눈발이 날릴 것 같다.

솔희는 걸음을 멈추고 택시를 찾는다. 그러나 지나다니는 택시도 드물다. 택시는 평소엔 눈에 잘 띄다가 꼭 타려고 하면 안 보인다. 솔희는 멀리 아파트단지 앞의 택시 승강장으로 향한다. 길거리에서 덜덜 떨면서 무작정 택시를 기다리는 것보단 낫다. 그러다가 문득 그곳에 가볼까 하는 생각이 든다. 택시를 타고 집에 갈 게 아니라, 그곳에 말이다. 호수. 이 작은 도시의 유일한 호수.

호수는 원래 그저 그런 평범한 저수지였다. 그런데 지방선거에서 젊은 신임 시장이 당선되면서 시민공원으로 멋지게 탈바꿈했다. 선거공약이어서 취임하자마자 대대적인 공사를 시작했고 나중에 정식명칭도 호수시민공원이 되었다. 한적한 변두리의 볼품없는 저수지가 졸지에 관광명소가 된 것이다. 이 작은 도시의 온천과 식물원 다음으로 사람들이 많이 찾는 곳이 되었다.

그러나 호수의 동쪽 지역은 개발이 전혀 이루어지지 않았다. 그 지역의 연로한 일부 원주민들의 개발 반대와 토지보상 문제, 그리고 도로확장공사의 어려움 등으로 개발에서 제외된 것이었다. 그래서 그 지역은 오랜 옛날처럼 여전히 볼품없는 야산지대로 남아 있다. 무덤들도 있고 야생동물들도 많다. 그 야산지대에서 조금 내려오면 일부 원주민들이 사는 작은 마을이 띄엄띄엄 서너 곳 있다. 그리고 마을마다엔 폐가도 많다.

솔희가 택시를 타고 가보려고 하는 곳은 그 작은 마을들의 가운데에 위치한 마을이다. 물론 택시가 그 마을의 안까지 들어가지는 못한다. 진입도로가 따로 없고 거의 오솔길들로 연결되어 있기 때문이다. 그러니까 솔희가 그 마을로 들어가려면 걸어서 한참을 올라가야 한다. 더욱이 요즘 계속 하루가 멀다

하고 내리는 눈 때문에 폭설이 쌓여 있어서 발걸음이나 제대로 옮길 수 있을지 모르겠다. 그리고 거의가 폐가뿐인 마을이라고는 해도 혹시 누군가가 솔희의 모습을 목격할 수도 있다. 무엇보다 그게 가장 위험하고 마음에 걸린다. 그래서 솔희는 택시를 타고 정말 그곳에 갈까 말까 망설인다.

솔희가 그 마을에 가보려고 하는 것은 그 폐가들 중의 한 집에 시신이 묻혀 있기 때문이다. 물론 시신이 정확히 어느 폐가에 묻혀 있는지는 모른다. 또 어떤 방법으로 어떻게, 폐가의 어느 장소에 묻혀 있는지도 모른다.

시신이 묻힐 때 솔희는 그 자리에 없었다. 마을 입구에서도 한참이나 못 미친 곳에 정차 중인 트럭의 조수석에 앉아 있었기 때문이었다. 트럭의 짐칸에 실려 있던 마대자루들이 하나씩 해아저씨의 어깨 위에 얹혀서 컴컴한 어둠 속으로 사라지던 모습만 보았을 뿐이었다. 그렇게 한 사람의 시신이 나누어져 담긴 세 개의 마대자루들은 차례로 컴컴한 어둠 속의 오솔길로 옮겨졌다. 그리고 두 시간쯤 후에 돌아온 해아저씨로부터 시신을 누구도 발견할 수 없게끔 잘 묻었다는 말만 한마디 들었을 뿐이었다. 그는 솔희더러 죽는 날까지 절대로 이 마을엔 오지 말라고 덧붙였다. 영원히 잊으라고 했다.

실종신고를 하면 어떡하지요?

누가 말입니까?

가족들이요.

가족이 누가 있습니까?

어머니와 동생요.

같이 살았습니까?

아뇨, 어머니와 동생은 수원에서 따로 살아요. 하여튼 그 두 사람이 실종신고를 하면 어떡하죠?

핸드폰을 갖고 계시면 되는데요.

핸드폰요?

네.

그러더니 해아저씨는 트럭 운전석의 검은 비닐봉지에서 시신의 핸드폰을 꺼냈다. 낯익은 핸드폰이었다.

혹시 이 핸드폰의 잠금해제 지문인식이나 패턴을 아십니까?

지문인식은 아니고 패턴을 예전엔 알았는데. 글쎄요, 한번 해볼게요.

솔희는 시신의 핸드폰을 켜고 잠금해제 패턴을 그렸다. 그런데 뜻밖에도 화면이 열렸다. 패턴이 바뀌지 않았다.

되네요.

다행입니다. 그럼 그 핸드폰을 갖고 계십시오.

그러면서 해아저씨는 그 핸드폰으로 시신을 계속 살아 있는 사람으로 만들라고 했다. 그리고 사용할 때 각별히 주의할 점을 일러주었다. 가족과 친구와 지인들한테서 전화나 문자메시지가 올 경우의 대처요령 등을 세밀히 일러주었다.

완벽했다. 시신은 언제까지고 살아 있는 인간일 것이었다.

눈발이 희끗희끗 날리기 시작한다.

솔희는 택시 승강장에서 택시를 탄다. 택시는 시냇가빌라로 향한다. 시신이 있는 곳으로 가기엔 두렵다.

6

"당신 혼자 살아?"

아래층여자가 눈을 부라리며 입에 거품을 물고 솔희에게 따지듯 말한다. 솔희는 직감적으로 알아차린다. 말랭이 때문이다.

"아니, 이 코딱지만 한 빌라에서 개를 키워?"

역시 예상대로다.

"공중도덕도 몰라? 이웃 간의 예의도 모르느냐고?"

"죄송해요. 조용히 키운다고는 했는데."

"조용히? 그래서 대낮이고 한밤중이고 새벽이고 그렇게 짖어대?"

"정말 죄송해요."

"도대체 시끄러워서 사람이 살 수가 있어야지!"

아래층여자는 몸살감기가 다 나은 모양이다. 목소리가 평소처럼 날카롭고 드세다.

"그래서 어떡할 거야?"

"네?"

"개를 어떡할 거냐고? 계속 시끄럽게 키울 거야?"

"조용히 키울게요."

"조용히? 그럼 앞으로도 계속 개를 키우겠다고?"

"네."

"누구 마음대로?"

"네?"

"누구 마음대로 계속 키울 거냐고?"

솔희는 말문이 막힌다. 남이야 개를 키우든 말든 무슨 상관이람. 하지만 공공주택에선 엄연히 입주민들의 동의가 필요하다. 최소한 묵인 정도는 있어야 한다. 솔희는 난감하다.

"이제부턴 정말로 조용히 키울게요."

솔희는 최대한 공손히 양해를 구한다.

"당신, 고양이도 키우잖아? 가끔 조용한 한밤중에 고양이 울음소리가 들리면 소름이 끼쳐. 하지만 개처럼 그렇게 밤낮으로 울어대는 게 아니라서 내가 그동안 아무 말도 안 한 거야. 그런데 개는 도저히 시끄러워서 사람이 살 수가 없어. 알아?"

"네, 하여튼 정말로 조용히 키울게요."

"정히 그렇게 개를 키우고 싶으면 성대수술이라도 시키든가."

"성대수술요?"

"그럼 그것도 안 하고 어떻게 키워? 계속 시끄럽게 그냥 키우겠다고?"

"아뇨, 그건 아니고요."

솔희는 말랭이의 성대수술 얘기는 전혀 뜻밖이라 무척 당혹스럽다. 어린아이한테 그런 수술까지 시켜야 하나.

아래층여자는 춥다며 빨리 확답을 하라고 다그친다. 솔희는 최대한 노력하겠다고만 말한다. 아래층여자는 그 말에 또 발끈한다.

"그럼 지금 이 시간 이후로 또 개 짖는 소리가 들리면 내가 개모가지를 끌고 나올 테니까 그런 줄 알아. 내 마음대로 개새끼를 처리할 테니까 그런 줄 알라고!"

그녀는 엄포를 놓고는 계단을 내려간다. 솔희는 새삼 그녀가 무섭다는 생각이 든다.

방에 들어온 솔희는 말랭이를 바라보며 한숨을 내쉰다. 답이 없다. 말랭이에게 24시간 동안 입마개를 씌울 수도 없는 노릇이다. 그렇다고 다른 사람에게 말랭이를 다시 입양 보내는 것도 쉬운 일이 아니다. 아이가 무슨 물건도 아니고, 이 사람 저 사람한테 옮겨 다니다니 그럴 수는 없다. 그럼 정말로 성대제거수술을 해주어야 하나. 아니면 차라리 시골의 엄마한테 키워달라고 부탁할까.

솔희는 답답한 마음에 티티의 옛 주인에게 전화를 건다. 그리고 그녀에게 말랭이 때문에 아래층여자가 항의했던 일을 모두 말하기로 한다. 이 난감한 문제를 상의할 유일한 사람이기 때문이다. 그런데 핸드폰이 꺼져 있다. 솔희는 핸드폰을 내려놓고 자신을 빤히 쳐다보며 꼬리를 흔드는 말랭이를 바라본다. 그녀는 말랭이를 번쩍 안아서 침대 위에 올려놓는다.

말랭이는 솔희가 자기를 예뻐해서 침대 위에 올려놓은 줄 안다. 방글방글 웃는다. 발랄한 아이다. 주인이 바뀐 것을 안다. 또다시 주인에게서 버림받지 않으려고 더욱더 발랄하게 웃는 것이다. 그러나 지금 당장의 상황을 모르는 말랭이는 또 짖는다. 놀아달라는 거다. 솔희는 말랭이더러 조용히 하라며 손가락을 입에 갖다 댄다. 조금 눈치를 챘을까. 말랭이가 두 눈을 깜박이며 가만히 입을 다문다. 영특한 아이다.

콩나물밥을 지어서 양념간장에 비벼 먹으려던 저녁식사 생각이 아래층여자 때문에 싹 가셨다. 대충 컵라면으로 끼니를 해결하기로 한다. 그런데 아무리 뒤져도 컵라면이 없다. 슈퍼에 가서 사올까 하다가 다행히 한참 전에 사다놓은 안성탕면이 있어서 그걸 끓여 먹기로 한다. 일반 라면은 냄비며 그릇에 기름기가 남아 주방세제를 묻혀가며 설거지하기가 싫어서 웬만해서는 끓여 먹지 않는다. 게다가 별로 좋지 않은 기억도 있어서다.

결혼 당시 솔희는 남편과 가사를 분담하기로 합의했다. 그리고 어떤 일이 있어도 서로 철저히 지키기로 했다. 솔희는 요리와 장보기, 방 정리, 빨래, 화장실 청소, 음식물쓰레기처리를 하고, 남편은 재활용품 분리수거와 가전제품 청소, 바닥에 청소기 돌리기를 하는 것이었다. 함께 합의해서 정했기 때문에 아무리 귀찮아도 상대방에게 부탁하거나 미루는 일은 없었다. 그러다가 남편이 회사를 그만두고 솔희가 생활전선에 나서며 한창 화공약품회사를 다닐 때였다. 연초라 회사가 아주 바빴다. 일요일만 빼고 토요일에도 출근했다. 월요일부터 금요일까지는 보통 밤 열한 시 삼십 분이 되어야 퇴근했다. 연말에는 바쁘지 않다가 해가 바뀌면서 너무 바쁘다 보니 솔희는 몸과 마음이 매우 피폐해지는 느낌이었다. 밥도 급하게 먹는 탓에 항상 소화제를 복용하고 너무 피곤하면 잠도 오지 않았다. 열흘이 넘게 내리 선잠을 자기도 했다. 그런 어느 날, 회사의 약품실험실에서 큰 사고가 생겼다. 다행히 다친 직원은 없었지만 모두들 일찍 퇴근했다. 일찍 퇴근이라고는 해도 저녁 여덟 시였다. 집에 도착하니 아홉 시가 훌쩍 넘었다. 솔희는 그날 회사의 큰 사고 때문에 점심도 겨우 우유 한 잔으로 때웠다. 그런 상태로 집에 도착하니 정말 몸 상태가 말이 아니었다. 너무 춥고 머리는 어지럽고 힘은 하나도 없었다. 집 안에 들어서자마자 옷을 입은 채 거실바닥에 드러누웠다. 그리고 땅콩과자를 먹으며 핸드폰게임을 하고 있던 남편에게 말했다.

라면 하나만 끓여줘. 배고파서 너무 힘이 없어.

안 돼.

왜? 바빠? 게임은 조금 있다가 하고.

아니. 요리는 네 담당이잖아.

알아. 그런데 나 지금 도저히 일어날 힘도 없고 지쳐서 그래.

아무리 그래도 네 일이잖아.

부탁 좀 할게.

안 돼.

지금 손이고 발이고 꽁꽁 얼어서 몸 좀 녹이고 싶어서 그래.

안 돼. 자기 일은 자기가 해야지.

이번 주 재활용품 분리수거는 내가 대신할게, 응? 나 지금 너무 몸이 힘들어서 그래.

너는 왜 그렇게 말귀를 못 알아듣니? 왜 자꾸 같은 말을 반복하게 해? 안 된다니까!

정말 너무하네.

너무한 게 아니라, 서로 약속한 거잖아!

왜 소리는 지르고 그래? 하여튼 그건 맞지. 그래도 우리는 부부잖아. 아내가 힘들어하면 도와줄 수도 있는 거 아냐? 만약에 자기가 심하게 다리를 다쳤는데 내가 재활용품 분리수거를 하라고 시키면 좋겠어? 그럴 때는 내가 해줄게.

난 다리를 다쳐도 내가 해.

알았어.

그리고 이건 참고로 말하는 건데, 너 과자 먹을 때 부스러기 흘리지 마. 빵 먹을 때 이빨로 잘라먹지 말고.

지금 그런 얘기를 왜 해?

아니, 네 잘못된 식습관을 지적해주는 거야.

과자 먹을 때 부스러기를 흘릴 수도 있고, 빵은 이빨로 잘라 먹든 뜯어먹든 무슨 상관이야?

아니지. 그건 음식에 대한 예의를 모르는 어린애들이나 그렇게 하는 거지.

라면 끓여주기 싫으면 그냥 싫다고 해.

너는 그런 태도도 문제야. 너를 위해서 잘못된 점을 지적해주면 오히려 고맙게 받아들여야지, 왜 그렇게 옹졸하게 받아들이니?

솔희는 어이가 없어서 벌떡 일어나 한바탕 싸움이라도 하고 싶었지만 너무 피곤하고 기운이 없었다.

알았으니까 이제 그만해. 나 그냥 잘래.

솔희는 결국 라면을 못 먹고 그냥 안방에 들어가 침대에 쓰러졌다. 그대로 잠을 잤다.

솔희가 라면을 거의 다 먹었을 무렵, 티티의 옛 주인에게서 전화가 온다. 솔희는 아래층여자와 있었던 일을 말해준다. 그러자 티티의 옛 주인은 아래층여자를 비난한다. 강아지가 시끄러워봤자 얼마나 시끄럽겠느냐면서 큰소리를 낸다.

하지만 그녀는 이렇다 할 대책을 내놓지 못한다. 성대제거수

술이 가장 좋은 해결책이지만 어린아이한테 그것은 차마 못 할 짓이란다. 출혈이 있어서 위험하고. 솔희와 같은 생각이다.

두 아이의 옷을 갈아입히는데 아래층에서 조금 시끄럽다. 아래층여자의 목소리가 점점 커진다. 솔희는 현관 쪽으로 나가 바짝 귀를 기울인다.

"아저씨, 참 웃긴다! 아저씨가 왜 참견하는데요?"

아래층여자가 누군가한테 따지듯 말한다. 아저씨라니, 누굴까.

"오지랖도 넓네! 그렇게 할 일이 없으면 빗자루나 들고 나가서 눈이라도 쓸든가요!"

그런데 상대방의 말소리는 안 들린다.

"개가 그렇게 시도 때도 없이 밤낮 짖어대서 사람이 잠도 못 자는데 이해하고 참으라니, 그게 말이에요, 막걸리예요? 참, 웃기는 아저씨네."

개 짖는 소리라는 말에 솔희는 혹시 말랭이 얘기인가, 가슴이 철렁한다. 그러다가 지금 아래층여자한테 야단 아닌 야단을 맞고 있는 사람이 혹시 해아저씨가 아닌지, 신경이 쓰인다.

"저, 그게 아니고요."

아니나 다를까. 해아저씨다. 아저씨의 낮은 목소리가 들려온다.

"아니긴 뭐가 아니에요?"

"제 말뜻은 강아지도 생명체이다 보니 키우다 보면 어쩔 수 없이 소리가 난다, 뭐, 그런 뜻이었습니다. 오해하지 마십시오."

"오해를 안 하게 생겼어요? 그런데 참 이상하네? 아저씨가 왜 201호의 일에 나서는 거예요? 그 집 여자랑 무슨 사이라도 되나 봐요?"

"네? 무슨 사이라니요? 아닙니다. 절대 아닙니다. 아주머님도 참, 별말씀을."

그리고 그 말이 채 끝나기도 전에 해아저씨가 재빨리 계단을 오르는 소리가 들린다. 2층을 지나고 3층으로 올라간다. 아주 빠른 걸음이다.

순간 솔희는 해아저씨가 아래층여자에게 큰 실수를 저질렀다는 생각이 든다. 솔희와 아무 사이가 아니라면서 왜 황급히 자리를 피하는지 모르겠다.

어쨌든 해아저씨가 말랭이의 소음 문제 때문에 솔희를 도와주려고 아래층여자를 찾아간 것은 분명하다. 워낙 씨도 안 먹힐 여자인지라 양해를 구하는 데는 실패했지만, 아무튼 고맙다.

그런데 정말 아래층여자가 입 다물고 가만히 있을까. 그녀는 해아저씨의 말을 곧이곧대로 들을 여자가 아니다. 이제 한번 의심하기 시작했으니 계속 의심할지도 모른다.

말랭이가 자다 말고 요란하게 짖어댄다. 티티까지 덩달아 깨어나 소리를 낸다. 솔희는 눈을 뜬다. 아래층에선 난리가 난 듯 시끄럽다. 솔희가 어둠 속에서 핸드폰 시계를 확인한다. 새벽 한 시 오십팔 분.

아래층에서 들려오는 소리는 또 아래층여자의 목소리다. 그리고 술에 취해 고래고래 소리를 지르는 할머니는 102호 여중생 아이의 큰할머니다. 영진빌라에 사는 알코올중독할머니다. 기력도 좋다. 새벽 두 시가 다 되어가도 끄떡없이 술 취해서 소리를 지르고 있다. 여중생 아이는 울먹이며 계속 큰할머니더러 조용히 좀 하라고 달랜다. 여중생 아이의 부모는 오늘도 집에 안 들어온 모양이다. 그들은 트럭에 만물가게를 차려놓고 시골의 곳곳을 돌아다닌다. 오늘은 집에 안 들어온 걸 보니 멀리 작은 섬에라도 들어간 모양이다. 섬에선 단골 주민들이 확실하게 팔아주니까. 밀린 외상값도 받아야 하고.

아래층여자는 급기야 경찰을 부르겠다고 으름장을 놓는다. 여중생 아이는 울면서 그녀에게 계속 미안하다고 말한다. 그러다가 301호에 사는 화가노인과 그의 새 아내인 야쿠르트아줌마가 내려와서 아래층여자를 말린다. 계속 우는 여중생 아이도 야쿠르트아줌마가 달랜다.

그런데 솔희는 아무리 생각해도 101호의 아래층여자가 전생에 싸움닭이 아니었을까 하는 생각이 든다.

그녀가 정말 싸움닭이라고 처음 실감한 것은 작년 여름이었다. 장마철이었는데 그녀는 거의 날마다 201호의 문을 두들겼다. 솔희가 노이로제에 걸릴 정도였다. 그녀가 문을 두드린 이유는 자기 집인 101호의 건넌방과 화장실의 천장에서 자꾸 물방울이 떨어진다는 것이었다. 그러면서 그녀는 솔희의 허락도 없이 무작정 201호의 집 안으로 들어와 마치 침략자처럼 거침없이 안방, 건넌방, 베란다, 화장실 문을 열어젖혔다. 화장실에서 물이 어떻게 빠져나가는지 확인해야 한다며 구석구석 살피기도 하고, 그러면서 냄새가 고약하다는 등, 청소 상태가 엉망이라는 등 중얼거리기도 했다. 변기도 이리저리 살피면서 물을 내리고는 변기의 물이 새는 것은 아니냐며 없는 트집을 잡기도 했다. 그리고 주방으로 가서는 개숫물이 어떻게 빠져나가는지 확인해야겠다며 설거지가 안 된 그릇들을 마구 흩어놓기도 했다. 그럼에도 솔희는 아무런 말도, 아무런 항의도 하지 못했다. 201호에서 누수 문제가 생겨서 101호의 건넌방과 화장실 천장에서 물방울이 떨어지는 것인지도 몰랐기 때문이었다. 그래서 마치 죄인이라도 된 것처럼 그녀가 집 안을 마음대로 휘젓고 다녀도 그냥 꼼짝없이 내버려둘 수밖에 없었다. 그러더니 어떤 날은 현관문을 열어주자마자 거침없이 집 안으로 들어와서 안방의 장판과 건넌방의 장판을 모두 걷어보기도 했다. 혹시 방바닥의 보일러 파이프가 새어 자기 집으로 물방울이 떨어지는 것은 아닌지 확인하기 위해서라는 것이었다. 그 이후로도 아래층여자는 수없이 솔희의 집 안으로 들어와 주방의 장판까지 걷어보며 여기저기를 들쑤시고 돌아다녔다. 수도설비공사의 기술자와 함께 찾아와 누수탐지를 하는 것도 아니고, 차츰 솔희는 화가 나기 시작했다.

그러다가 폭발했다. 폭발했다고는 하지만 솔희가 그녀에게 너무 답답하니 사람을 불러서 누수탐지를 해보라고 말한 것뿐이었다. 그랬는데 아래층여자가 말꼬투리를 잡고 버럭 화를 내기 시작했다. 마치 싸움의 명분을 기다리기라도 한 것처럼 시뻘겋게 눈을 부라리며 반시간을 쉴 새 없이 소리를 지르고 화를 내고 나무라고 훈계까지 했다.

젊은 사람이 벌써부터 인생을 그렇게 살지 마! 왜 내가 사람을 불러? 왜 내 돈을 들여서 누수탐지를 하느냐고? 지금 이 집에서 아래층으로 물방울이 떨어지니까 사람을 부르려면 당신이 불러야지. 안 그래? 경우가 그렇잖아?

그 말을 듣고 솔희는 질려서 더는 입을 열지 않았다. 그녀와 정말 싸우기가 싫었다. 그녀가 소리를 지르며 빌라 건물을 뒤흔들어도 해아저씨 외에는 아무도 내다보지 않았다. 그녀가 싸움닭이어서 그랬다는 것을 나중에 알았다. 201호의 집주인에게 방세를 언제까지 송금하겠다며 통화를 하다가 그에게서 우연히 들었다. 그리고 집주인은 201호에는 아무 이상이 없으니 걱정하지 말라고 했다. 아래층여자는 솔희가 이사를 오기 전에도 몇 번이나 찾아와서 엉뚱한 누수 얘기를 한 적이 있다고 했다. 아무튼 솔희가 201호에서 살기 시작한 후로 시냇가빌라의 가동과 나동의 전체 입주민들 중에 그녀와 싸움을 안 해본 사람이 없었다. 나동 202호의 공방아줌마만 빼놓고. 그녀는 이상하게도 공방아줌마와는 친밀했다. 가끔 둘이서 웃고 수다를 떨며 목욕탕도 다녀오고 마트에도 다녀오는 것이었다. 지난봄에는 캄보디아와 베트남 여행도 다녀왔다.

술에 취해 고래고래 소리를 지르던 알코올중독할머니는 마침내 술기운이 다 떨어졌는지 조용하다. 여중생 아이의 울먹이던 목소리도 들려오지 않고, 101호의 아래층여자 목소리도 들려오지 않는다. 화가노인과 야쿠르트아줌마도 3층으로 올라갔다. 어느덧 아래층이 조용해졌다. 그 대신 매서운 겨울바람 소리가 들려온다. 겨울 군단의 삭막한 진군 소리.

새벽이다. 잠을 뒤척이다가 눈을 뜬다. 어느덧 겨울바람 소리도 잦아들었다. 시계를 보니 다섯 시 이십삼 분이다. 그런데 건물 밖에서 눈밀대 소리가 들려온다. 누군가가 새벽부터 눈을 치우고 있다. 솔희는 건넌방으로 건너가 창문으로 건물 마당을 내려다본다. 해아저씨다.

해아저씨가 눈밀대로 눈을 치우고 있다. 은행나무 쪽엔 너무 눈이 쌓여 있어서 영진빌라 뒤쪽으로 밀어내고 있다. 힘들어 보인다. 그래도 그는 허리를 한 번씩 뒤로 젖혀주며 계속 눈을 밀고 있다. 솔희는 밖으로 나가서 해아저씨를 도와주고 싶다. 함께 눈을 치우고 싶다. 하지만 그가 불편해할까 봐 그만둔다.

해아저씨는 자신의 등에 짊어진 해 때문에 다른 남자들보다

힘을 제대로 쓸 수가 없다. 해의 무게로 몸이 굽어지고 키가 낮아져서 그렇다. 해만 젊어지지 않았다면 그는 보통의 남자들과 똑같다.

　그래도 그는 자신의 몸무게보다 훨씬 무거운 시신을 혼자의 몸으로 거뜬히 그곳에 옮겼다. 시신을 다섯 토막으로 나눈 것이다. 머리와 두 팔, 몸통, 하체. 그리고 세 개의 마대자루에 담아 호수의 동쪽 지역 마을 속으로 한 자루씩 어깨에 메고 차례로 옮겼다.

7

솔희가 아홉 살인 초등학교 2학년 여름방학 때였다. 고향인 충남 아산시 송악면 강장리에 어마어마한 대규모의 골프장이 들어선다고 해서 시골이 발칵 뒤집혔다.

당시 솔희는 어려서 자세한 내막은 모르지만 강장리를 에워싼 산을 파헤치고 골프장을 세운다는 것이었다. 무척이나 더운 여름이었는데, 마을의 노인들은 물론이고 강장리 사람들 모두 마른하늘에 날벼락을 맞은 기분이었다.

솔희의 아빠와 엄마도 분개했다. 그래서 솔희도 어린 마음에 고개를 갸우뚱하며 나름 관심을 갖게 되었다. 옆집에 사는 친구인 영미와 이장님의 손녀인 호선이도 마을에 뒤숭숭한 일이 일어난 걸 알고 있었다. 그래서 셋은 마을 사람들이 모인 곳이면 수박을 먹다가도 쫓아가서 구경했다. 무슨 말들이 오가는지 어른들 옆에서 듣기도 했다.

　그런 어느 일요일 오전 열 시쯤. 아침부터 땀이 비 오듯 지독하게 무더웠는데, 낯선 버스 두 대가 마을회관 앞에 와서 멈추어 섰다. 그리고 역시 낯선 무리의 사람들이 버스에서 내렸다. 외지에서 온 사람들이었다. 이장님과 마을 어른들이 그들을 반겨주었다. 그들은 마을 사람들과 함께 골프장 설립에 반대운동을 하기 위해 온 사람들이라고 했다.

　바쁘실 텐데 잘 오셨슈. 큰 힘이 될 거유.

　이장님은 연신 싱글벙글 웃었다.

　그들은 아산시와 인근의 예산군, 천안시 등에서 온 시민사회단체 사람들이었다. 몇 사람은 서울에서 온 사람들이라고도 했다. 그들은 이장님의 안내에 따라 우선 마을회관으로 들어갔다. 오십 명쯤 되었다.

　그중에 유난히 눈에 띄는 남자가 있었다. 키가 작고 목은 짧고 등에는 볼록하게 혹이 난 듯한 남자였다. 척추장애를 가진 남자였다. 솔희와 친구들은 그 남자를 보고는 손가락질을 하며 재미있다는 듯이 웃었다. 젊은 남자가 그렇게 키가 작고 등에 혹이 난 경우는 처음 보았기 때문이었다. 옆에 있던 마을 아줌마가 솔희와 친구들에게 그러면 못쓴다고, 웃지 말라고 혼을 냈다.

시민사회단체 관계자가 이장님에게 그 남자를 대학생이라고 소개했다. 이름은 정확히 못 들었지만 대학교 1학년이라고 했다.

그리고 잠시 후, 만일의 시위사태에 대비하기 위해서인지 경찰관들이 오고, 송악면의 다른 마을에서도 사람들이 찾아왔다. 트럭과 오토바이, 자전거를 타고 왔는데 그들도 골프장설립 반대운동에 동참하기 위해서 왔다고 했다.

솔희와 친구들은 마을회관 안으로 들어가지 못했다. 복잡하기도 했고 어른들끼리 무슨 회의를 한다고 해서였다.

회의가 끝난 후, 마을회관을 비롯해 마을 입구, 수령 300년의 느티나무 옆, 산의 등산로 입구, 외암리 민속마을 방향의 도로 등등에 대형 플래카드들이 걸렸다. 아름다운 강장리에 괴물골프장이 웬 말이냐, 골프장설립 결사반대, 자연훼손 골프장 당장 철회하라.

점심시간이 조금 지나자 대전의 텔레비전방송국과 아산과 천안의 지역케이블방송국에서 취재기자들이 왔다. 그들은 이장님과 시민사회단체 관계자들을 인터뷰하고 마을 사람들과 시민사회단체 사람들의 골프장설립 반대운동 모습들을 카메라에 담았다.

솔희는 친구들과 헤어져 집에서 혼자 늦은 점심을 먹었다. 아빠와 엄마가 반대운동에 동참한다며 집을 비워서 점심식사가 늦었다. 점심이라고 해봐야 전기밥솥에서 밥을 퍼서 가스레인지 위의 냄비에 든 달걀찜하고만 먹은 것이었다. 데우지 않아서 약간 비린 맛이 났지만 그 당시 솔희는 어려서 아직 가스레인지의 불을 켤 줄 몰랐다. 그리고 너무 더워서 선풍기를 한동안 붙들고 있다가 밖으로 나갔다. 영미를 불렀다. 영미도 집에 어른들이 없어서 혼자 밥을 조미김에만 싸서 먹었다고 했다. 찐 옥수수 한 개하고.

둘은 호선이를 부르러 골목길을 나섰다. 그런데 골목길 입구에 웬 키 작은 남자가 나타났다. 누군가 했더니 바로 그 대학생이었다. 시민사회단체 사람들과 골프장설립 반대운동을 하러 온 남자였다.

그는 웃으며 솔희와 영미에게 말을 걸었다.

이 동네에 사니?

네.

동네가 참 좋구나.

솔희와 영미는 처음엔 그게 무슨 말인지 몰랐다. 동네가 좋다니. 뭐가 좋다는 거야? 소 냄새? 돼지 냄새? 논? 밭?

그는 잠깐 시간을 내어 여기저기 돌아다니며 마을 구경을 하는 듯했다.

아까 오다가 보니까, 송화초등학교라는 학교가 있던데 너희들도 그 학교에 다니니?

네.

몇 학년?

2학년이에요.

그런데 솔희는 자꾸만 웃음이 나왔다. 그의 작은 키와 짧은 목과 등에 볼록하게 난 혹 때문이었다. 그래서 그의 얼굴을 빤히 쳐다보면서 자꾸 웃었다. 일부러 몸을 움츠려서 그의 작은 키와 짧은 목을 흉내 냈다. 손가락질도 해가면서 재미있다는 듯 흉내 냈다. 그렇게 놀리면서 웃었다.

영미도 솔희와 함께 놀리며 웃더니 나중엔 솔희를 말렸다.

그만해.

그러나 그는 화도 내지 않고 아무 말도 하지 않고 골목길을 떠났다. 두 눈을 조용히 내리깔고.

플래카드들은 여름방학이 끝나고 나서도 가을 내내 걸려 있었다. 겨울이 오고 눈보라가 강장리의 온산과 들녘을 휘몰아칠 때도 걸려 있었다. 더러는 찢어져 너덜너덜해지기도 했다.

골프장은 들어서지 않았다.

8

눈이 내린다. 소리 없이 내린다. 며칠 전처럼 대책 없이 쌓일 것 같지는 않다. 하긴 날마다 눈보라가 몰아치고 눈이 쌓이기만 하면 겨울을 어떻게 날까.

말랭이가 의외로 몸이 약한 건지, 추위를 타는 건지 요즘 통 기운이 없다. 계속 참다가 어제 동물병원에 데려갔더니 몸에 큰 이상은 없는데 감기몸살 증상이 약간 있단다. 그러고 보면 티티는 정말 튼튼하고 건강하다. 아직까지 병원에 데려가본 적이 없다. 원래 고양이가 개보다 튼튼한 체질인가. 그건 잘 모르겠다.

말랭이가 감기몸살 증상 때문에 요란하게 짖지 않아서 집 안이 조용하긴 하다. 그건 좋다. 아래층여자도 쫓아 올라오지 않

고 말이다. 하지만 짖지 않고 뛰어다니지도 않는 아이를 지켜
보는 것은 더 불편하다. 아이의 엄마로서 꼭 무슨 죄를 지은 기
분이다. 마음이 영 불편하다.

솔희는 일부러 마트에 가서 말랭이에게 먹일 생닭 한 마리를
사왔다. 의사의 말로도 우선은 잘 먹여야 한다고 했지만 말랭
이를 입양한 후로 한 번도 고기를 사 먹인 적이 없어서다. 말랭
이의 입양 파티 때도 고기 대신 고구마와 단호박으로 만든 케
이크만 먹였다. 그것도 티티의 옛 주인이 선물한 것이었다. 앞
으론 인터넷에서 닭고기 캔을 대량으로 주문해서 가끔씩 아이
들이 기운이 없을 때 나누어주면 좋겠다.

솔희는 생닭이 삶아지는 동안 화장실에 들어가 티티와 말랭
이의 옷을 손빨래한다. 그리고 화장실 변기를 닦고 세면대의
거울을 닦는다. 그런데 세면대의 물이 내려가질 않는다. 한 달
전쯤부터 신통치가 않았는데 이젠 아예 물이 내려가지 않는다.
완전히 막힌 듯하다. 솔희는 너무 답답해서 티티의 옛 주인에
게 전화를 한다. 그리고 세면대의 물이 내려가게 하는 방법을
묻는다. 티티의 옛 주인이 세면대에 락스를 붓고 30분가량 기
다리면 된다고 한다. 솔희는 그녀가 일러준 대로 세면대에 락
스를 가득 붓는다. 그런 후 화장실에서 나온다.

솔희가 푹 삶은 닭에서 발라낸 살코기를 말랭이에게 먹인다. 말랭이가 아주 잘 받아먹는다. 씹지도 않고 그냥 삼킨다. 티티는 고양이라서 그런지 조금 씹는 시늉을 하면서 먹는다.

솔희는 두 아이가 닭고기를 정말 맛있게 먹는 모습을 보며 마음이 흐뭇하다.

개수대의 닭고기 기름이 묻은 그릇들을 찬물로 설거지하는데 무척 손이 시리다. 며칠 전부터 계속 깜박 잊고 고무장갑을 못 사왔다. 그래도 온수 사용은 가스요금이 많이 나오기 때문에 어지간해서는 냉수를 사용한다. 손이 시려서 잠시 서 있는데 안방에서 시신의 핸드폰 벨이 울린다. 건너가서 들여다보니 시신의 어머니다. 솔희는 전화를 받지 않는다. 한동안 신호음이 울리다가 끊어진다. 솔희는 설거지를 모두 마친 후에 시신의 어머니에게 카톡문자를 보낸다. 전화했었느냐고, 바빠서 못 받았다고, 잘 지내고 있으니 아무 걱정하지 말라고.

잠시 후, 답장문자가 온다. 솔희는 읽지 않는다.

화장실에 들어가 세면대의 물을 내려본다. 그러나 물이 내려가지 않는다. 티티의 옛 주인이 일러준 방법은 통하지 않는다. 락스로는 뚫리지 않는다. 도대체 무엇이 막힌 것일까. 세면대에 막힐 만한 오물을 버린 적이 없는 것 같은데 말이다. 한숨을 쉬며 화장실에서 나와 닭 뼈들을 검은 비닐봉지에 담아 쓰레기봉투에 넣는데 식탁 위의 핸드폰 벨이 울린다. 솔희는 쓰레기봉투를 마저 묶고 핸드폰을 들여다본다. 엄마다.

—딸, 네가 전화했니?

엄마는 다짜고짜 질문이다.

—뭘?

—네 아빠한테 말이야.

—아빠한테 뭘?

—어젯밤에 집에 들어왔더라.

—아빠가?

그러니까 예전부터 사이가 껄끄러웠던 엄마의 초등학교 동창생 아저씨와 사흘 동안의 말다툼 끝에 가출했던 아빠가 갑자기 귀가했다는 얘기다.

—잘됐네. 완전히 들어온 거래?

—그건 모르겠고, 짐 보따리는 두 개 들었더라.

—그럼 완전히 엄마한테 돌아온 거네. 축하해요.

─쓸데없는 소리 말고, 그러니까 네가 전화한 거냐고? 그만
집에 들어오라고.

─아니. 아빠한테 그런 말 한 적 없어. 그럼 오빠가 전화했나?

─아니래.

─오빠도 아니면, 엄마가 보고 싶고 그리워서 들어온 거네.

─쓸데없는 소리 말고. 정말 이 양반이 왜 갑자기 들어왔지?
평생 안 들어올 것 같더니만. 죽을 때가 됐나?

─에이, 무슨 말을. 그게 아니고 정말로 엄마가 보고 싶어서
들어온 거야. 가출 생활도 힘들고.

솔희는 말은 그렇게 했어도 아빠가 정말 엄마 말대로 무슨
큰 병에 걸려서 귀가한 것은 아닌지 불안하다.

─그럼, 아빠 데리고 병원에 한번 가봐.

─그래야 하나, 어째야 하나. 네 아빠는 이래저래 늘 사람 속
을 새까맣게 태운다.

─그래도 어쩌겠어. 하나뿐인 마누라라고 돌아온 것 같은데.
그러지 말고 병원부터 같이 가봐.

엄마가 아빠는 이래도 저래도 늘 사람 속을 새까맣게 태운다
고 말한 것은 아빠의 가출 때문만은 아니다. 엄마를 호되게 고
생시켰던 기억이 있어서다.

농성 때문이었다. 아빠는 잠시 농사를 중단하고 친척의 소개로 채용시험을 거쳐 2014년 10월경부터 청주의 노인전문병원에서 일했다. 운전을 했다. 그 병원은 원래 청주시가 국비 100억 원과 세금 57억 원을 들여서 저소득층 노인들을 위해 2009년에 설립한 공공의료시설이었다. 그런데 노사 간의 갈등으로 2015년 6월에 폐업했다. 근무교대방식을 놓고 병원 측과 노조가 싸우기 시작했고 병원에선 노조원들을 해고했다. 그러자 노조는 해고자들과 함께 청주시청 앞에서 농성에 들어갔는데 아빠도 그 농성에 동참한 것이었다. 송악면의 시골집에도 오지 않고 그곳에서 천막생활을 했다. 생전 부를 줄도 모르던 〈아침이슬〉 같은 민중가요도 열심히 따라 부르며 숙식을 했다. 그런데 문제는 병원 사태가 도무지 해결될 조짐이 전혀 없다는 것이었다. 급기야 엄마는 힘든 농사일과 생활고와 아빠의 건강 걱정 때문에 지쳐서 아빠더러 그만 농성장에서 나오라고 했다. 그러나 아빠는 거부했고 엄마와 대판 부부싸움을 했다. 솔희는 그 당시 남편과 윤주와의 관계 때문에 고통스러운 날들을 보내고 있었다. 그런데 엄마가 울먹이며 전화를 해서 엄마와 아빠가 부부싸움을 했다는 걸 알았다. 그 후 농성장은 노조원의 분신 시도와 청주시 공무원들의 강제

철거로 아수라장이 되었고, 2016년 2월 말에 아빠도 어쩔 수 없이 집으로 돌아왔다. 엄마는 지금도 그 당시 아빠가 속을 썩인 생각을 할 때마다 눈물까지 흘리곤 한다. 아빠도 노조원을 따라서 분신을 할까 봐 얼마나 마음을 졸였는지 모른다.

어쨌든 솔희는 가출했던 아빠가 엄마 곁에 돌아온 게 기쁘다. 그리고 아빠한테 큰 병이 없고 두 사람이 앞으로는 제발 행복하게 살았으면 좋겠다. 엄마를 위해 추운 겨울에도 송악저수지에서 붕어를 잡는 그 현덕이아저씨와는 엄마가 그냥 영원한 동창생 친구로 지내고 말이다. 그런데 정말 아빠는 엄마의 초등학교 동창생 아저씨 때문에 질투로 가출했던 것일까. 사실이라면, 아빠가 안됐다. 얼마나 마음이 아팠으면 집을 나갔을까.

─참, 넌 언제까지 혼자 살 거니?

─나? 왜?

─왜냐니? 요즘 세상에 이혼 한번 한 게 무슨 큰 흠이냐?

─그 얘기는 왜 또 꺼내? 그리고 누가 이혼이 흠이랬어? 나는 돌려쓰는 싱글이야.

─어쨌거나 이것아, 이젠 새 출발을 하란 말이야. 언제까지 그렇게 혼자서 청승 떨면서 살 거냐고? 암만 세상이 변했어도 여자한테는 그래도 서방이 있어야 하는 거야. 잘났거나 못났거

나 인간말종만 아니면 그래도 서방이 있어야 바람막이도 되고 남들이 깔보지 않는단 말이야. 알아?

　―그만 좀 하시지.

　―내 말은 기왕이면 한 살이라도 덜 먹었을 때 다시 새 출발을 하란 말이야.

　―그만 전화 끊어.

　솔희는 엄마의 마음을 안다. 엄마는 솔희 때문에 마음고생이 이만저만이 아니다. 돌싱녀라면 쉽게 보는 경향이 있는 한국 사회에서 어찌 마음고생이 없을까. 지난 5월에 엄마한테 솔희의 중매가 들어왔다. 중매를 선 사람은 엄마의 여고 친구였다. 경기도 성남에 사는데 나름 절친이었다. 그런데 그녀가 중매하는 상대 남자가 초등학교 4학년 남자아이가 딸린 돌싱남이었다. 성남에서 제법 큰 임대업을 하는 남자였다. 나이는 솔희보다 무려 열여섯 살이나 연상인 48세였다. 엄마는 돈 많은 임대업이고 뭐고 열을 받아서 노발대발했다. 아무리 같은 처지인 돌싱녀와 돌싱남이라지만, 남자아이까지 딸린 나이 많은 중년사내를 중매했다는 것이었다. 몹시 자존심이 상한 엄마는 중매 얘기를 꺼냈던 그 친구와 연락을 끊었다. 아직까지도 그 친구와는 연락이 없다.

—만나는 남자는 있니?

　—전화 끊는다.

　—이것아. 엄마 말 좀 들어라, 제발. 그리고 직장은 잘 다니는 거니?

　—응.

　—언제 쉬는 날 한번 다녀가. 맨날 택배로 보내는 것도 그렇고, 얼굴이나 좀 보게. 나는 너한테 못 가게 하니까 너라도 왔다가야지.

　—알았어. 한번 갈게. 그리고 아빠 데리고 병원에 꼭 가봐.

　—알았다.

　통화가 끝났다. 솔희가 시골의 엄마한테 가는 것도, 엄마와 통화를 하는 것도 싫은 것은 자꾸 재혼하라는 잔소리 때문이다. 막말로 재혼을 해서 행복한 가정을 꾸린다는 보장이 있는 것도 아니고.

　엄마의 말로는 인간말종만 아니면 어떤 남자든 상관없다는 식인데, 굳이 내키지도 않고 능력도 안 되고 별로 기대할 것도 없는 재혼을 꼭 해야 할 필요가 있을까. 그리고 인간말종이란 것이 겉으로 봐서 알 수가 있느냔 말이다. 시간을 들여서 섞고 치대고 부딪치고 깨져봐야 알 수 있는 것인데 말이다.

남편은 수족관 꾸미기를 좋아했다. 결혼 전에도 수족관에 대해 몇 번 말한 적은 있었으나 그때는 그냥 흘려들었다. 그런데 결혼 후 얼마 지나지 않아서 새로 이사한 신월동의 신혼집에 대형수족관을 들여놓았다. 에어컨을 들여놓던 날이었는데, 솔희는 남편이 작은 신혼집에 굳이 커다란 수족관을 들여놓는 이유를 몰랐다. 나중에야 그것이 남들에게 자랑하기 위한 것이란 사실을 알았지만 그 당시는 그냥 남편의 취미였으므로 별다른 말은 하지 않았다. 그날 오후부터 수족관엔 이름도 모를 갖가지 열대어들이 채워졌다. 남편은 틈만 나면 수시로 청계천 7가의 수족관거리를 다녀와 열대어를 채웠다.

그런데 남편에겐 이상한 습성이 있었다. 푸르고 날렵한 수초들, 괴이하지만 아름다운 산호초, 화려한 아방궁, 노란 거북이, 물레방아, 인어공주, 연인바위 등등 어디서 예쁘고 작은 모조 장식품들을 구해 와서 틈만 나면 수족관 속을 꾸몄다. 그래서 수족관이 마치 바다 속 신비한 동화의 나라나 별천지의 세계처럼 보였다. 그런데 그게 이상한 게 아니라, 남편은 정작 열대어의 삶과 생명엔 털끝만큼도 애정이나 관심이 없었다.

남편이 수족관에 풀어놓은 열대어들 중에는 말라위 시클리드라는 종류의 열대어가 있었다. 그 말라위 시클리드 중에도 음부나라고 분류되는 열대어가 공격성이 매우 강했다. 그 가운데 옐로우 스프라이트 시클리드라는 열대어는 난폭하기가 짝이 없어서 수시로 다른 열대어들을 공격했다. 그래서 죽이거나 큰 상처를 입혔다. 그러면 다른 열대어들이 기다렸다는 듯이 달려들어 죽거나 상처 입은 열대어들의 몸을 마구 뜯어먹는 것이었다.

그런 끔찍한 광경을 남편은 구경만 하는 것이었다. 죽은 열대어는 그렇다 쳐도, 상처 때문에 물어 뜯겨서 살점이 떨어져 나가면서도 어떡하든 살겠다고 발버둥을 치는 열대어를 빨리 분리시켜서 살려낼 생각을 전혀 안 했다. 그냥 구경만 하는 것이었다. 어떠한 조치도 취하지 않는 것이었다. 거실 소파에 앉아서 덴마크산 수입 땅콩과자를 먹으며 텔레비전을 보거나 핸드폰게임을 했다.

저렇게 그냥 내버려둘 거야?

괜찮아.

괜찮아가 뭐야? 살릴 수 있는 물고기는 살려야지.

신경 쓰지 마.

끔찍해서 그래.

끔찍한 것도 많네. 신경 쓰지 말라니까.

어떻게 신경이 안 쓰여?

씨발, 신경 쓰지 말라니까!

그래서 솔희가 보다 못해 살점을 물어뜯기고 있는 열대어를 격리시키기도 했다. 그러나 수족관이 아닌 그냥 일반 물통 속이라서 그런지, 아니면 상처 때문인지 열대어는 금방 죽는 것이었다. 솔희는 그 열대어가 자신의 실수로 죽은 것처럼 느껴져 마음이 아팠다. 그러나 남편은 외눈 하나 까닥 안 했다. 오히려 상처 난 열대어를 격리시키려고 진땀을 빼거나 물통 속에서 죽은 열대어 때문에 얼굴 표정이 어두운 솔희를 한심하다는 눈으로 바라볼 뿐이었다.

남편이 더 어처구니가 없는 것은 다음 날이면 수족관거리에서 죽은 것과 똑같은 열대어를 사와서 수족관에 넣는 것이었다. 그리고 그만이었다. 그 열대어가 다시 다람쥐 시클리드(옐로우 스프라이트 시클리드)에게 공격을 당하며 물어 뜯겨 죽어도 역시 외눈 하나 까닥 안 했다.

솔희는 너무 화가 났다. 그래서 참다못해 한마디 했다.

사람이 왜 그래?

뭐가?

자기가 기르던 생명이 참혹하게 죽었는데 어쩌면 그렇게 아무렇지도 않은 표정이야?

뭐가?

물고기는 생명도 아니야?

도대체 뭐가 불만인데? 그럼 물고기 한 마리 죽었다고 나보고 대성통곡이라도 하란 거냐? 너야말로 웃긴다. 오버하지 마.

내가 지금 오버하는 걸로 보여?

씨발, 도대체 왜 그러는데?

남편은 자신의 행동이나 의식에 아무 문제가 없다는 식이었다. 솔희는 남편에게 더 이상 할 말을 잃었다.

그러니까 남편은 열대어가 사랑스럽고 좋아서 키우는 게 아니었다. 단지 신기하고 화려한 색깔과 기이하고 다양한 생김새의 열대어들이 움직이며 돌아다니는 수족관을 좋아했던 것이었다. 힘센 열대어가 힘이 약한 열대어를 공격해서 물어뜯고 잡아먹고, 떨어져 나간 살점들과 분해된 머리들로 수족관 속이 열대어들의 아비규환이 되고 지옥이 되든 말든 상관없었다. 그저 예쁘게 잘 꾸며진 수족관을 소유하는 것이 목적이었다. 인스타그램 계정에 수족관 사진이나 동영상을 잔뜩 올려놓고 팔로워들에게 보여주면 탄성과 함께 인정을 받으면서 한껏 우쭐해지고 말이다.

남편이 인간말종이라고 말할 수는 없어도 자신보다 약한 존재의 생명을 우습게 알고 무시하는 인간성은 용납할 수가 없다. 솔희가 이혼을 후회한 적이 없는 이유다.

엄마가 솔희의 재혼을 다그치면서 굳이 인간말종이란 말을 넣은 것은 이혼한 남편을 의식해서일 것이다. 엄마는 자신의 사랑하는 딸에게 피눈물을 흘리게 하고 돌싱녀란 꼬리표를 달아준 최 서방을 인간말종으로 본 것이다. 엄마의 마음속에 들어가 본 것은 아니지만.

말랭이에 비해 티티의 겨울옷이 너무 없다. 그래서 노트북을 켜고 고양이의 겨울옷에 대해 검색한다. 고양이의 겨울옷 만들기 또는 겨울옷 가격에 대해 알아본다. 그러다가 어느 네티즌의 고양이 얘기를 발견한다. 이렇게 적혀 있다.

나는 어릴 때부터 동물에 대해 관심이 엄청 많았고 동물을 키우고 싶다는 생각이 강했음. 그중에서도 고양이를 제일 좋아했고, 그래서 n년간 엄마한테 조른 덕에 고양이를 분양받아도 좋다는 허락을 받아냈음. 그러다가 포인핸드 앱에서 정말 작고 몸이 안 좋았던 2개월짜리 새끼고양이를 발견했음. 그거 보면서 그냥 바로 얘다. 내가 데려와야 할 애다 싶어서 그다음 날 전화를 하기로 했음. 그런데 그다음 날 딱 그 보호소에 전화했더니 전화한 그날 아침에 안락사를 시켰다고 했음. 그 고양이의 분양 글이 올라온 지 하루밖에 안 됐는데……. 하, 그래서 전화를 끊고 난생처음으로 엉엉 소리 내어 울어봤음. 그칠 만하면 또 눈물이 막 나고 나 자신이 너무 원망스러웠음. 그날 기억은 잘 안 나는데 네댓 시간을 울었다 그쳤다를 반복하다가 결국 탈진해서 그대로 쓰러진 것임. 그 고양이가 집에 오면 어떻게 해줄지 그런 거 다 생각해놨는데……. 지금쯤 하늘나라에서 잘 지내고 있으면 좋겠다.

왠지 솔희까지 눈물이 난다.

그리고 포인핸드 앱이 뭔가 하고 찾아보니 유기동물을 위한 서비스를 하는 앱이다. 전국의 보호소에 맡겨진 유기견이나 유기묘를 사람과 연결해주고, 또 실종동물을 찾아주는 서비스를 하는 앱이다.

솔희는 티티의 겨울옷은 사서 입히기로 한다. 아무래도 예쁘게 만들 자신이 없다.

다시 바람이 분다. 베란다 창문이 덜컹댄다. 하늘은 잿빛이다.

이혼한 남편이 시냇가빌라에 처음 나타난 것은 지난해 9월 중순이었다. 솔희는 그를 보고 기절할 뻔했다. 솔희가 마트에서 장을 보고 막 귀가하던 중이었다. 그 당시 솔희는 오빠가 올케언니 몰래 입금시켜주는 용돈으로 겨우 생활하고 있었다. 솔희는 전남편을 집 안에 들이고 싶지가 않았다. 그래서 빌라 건물 입구에 서서 그냥 얘기를 나누었다. 전남편은 아직도 서울의 신월동에서 살고 있고, 청계천의 수족관거리를 여전히 다니고 있다고 했다. 이혼 후 한동안 다녔던 직장은 또 그만두고 다시 직장을 알아보고 있는 중이라고 했다. 재혼은 안 했고 가끔 만나는 여자친구는 있다고 했다. 섹스 때문에 만난다고 했다. 윤주 얘기는 꺼내지 않았다. 솔희도 물어보지 않았다. 전남편이 솔희와 이혼을 하면 곧바로 윤주와 결혼할 줄 알았는데 두 사람은 헤어진 모양이었다.

302호의 해아저씨와 전남편이 처음 얼굴을 마주친 것도 그날이었다. 솔희가 빌라 건물 입구에서 전남편의 얘기를 듣고 있는데 해아저씨가 외출을 하려고 건물 밖으로 나올 때였다. 해아저씨가 전남편 옆을 지나가며 두 남자가 서로 얼굴을 잠깐 바라보았다. 키가 큰 전남편이 내려다보고.

다음 날 점심 무렵에 솔희는 슈퍼에서 국수와 고추장을 사오다가 해아저씨를 만났다. 솔희는 어제의 그 남자가 이혼한 전 남편이라고 말했다. 해아저씨는 그러냐고 했다.

솔희는 비빔국수를 만드는 김에 조금 더 만들어서 해아저씨에게 한 그릇을 갖다 주었다. 해아저씨가 아주 맛있겠다며 받았다.

9

잠이 오지 않는다.

아무리 생각해도 답이 없는 계절이다.

서른두 살 돌싱녀의 답이 없는 시간이다.

솔희는 요즘 들어 자꾸 그런 생각이 들 때마다 견딜 수가
없다.

가뜩이나 잠이 오지 않는데 밖엔 눈보라가 몰아친다. 요란하
게 덜컹대며 흔들리는 베란다 창문 소리에 도무지 잠을 청할
수가 없다. 창문에 비치는 가로등 불빛도 유난히 음산하다. 솔
희는 핸드폰에 이어폰을 꽂고 라이프 앤 타임의 노래를 듣는
다. 〈잠수교〉.

집에 가긴 그래서 그냥 뚜벅뚜벅 뚜벅뚜벅, 건너편 다리 위

한가운데 해가 뉘엿뉘엿 뉘엿뉘엿, 한강은 검었네 생각보다 크게 꾸물꾸물 꾸물꾸물…….

솔희는 그렇게 쉴 새 없이 가슴속으로 밀려드는 검은 한강물을 만난다. 얼음보다 차가운 한강물은 밀어내면 또다시 밀려와 가슴속을 채운다. 이혼한 뒤에도 차라리 서울에 그냥 남았더라면 하는 생각, 그래서 이 작은 도시에서 해아저씨를 다시 만나지 않았더라면 하는 생각들이 검은 한강물이 되어 자꾸 가슴속으로 밀려든다.

밀어내다가 지쳐서 새벽녘에 겨우 깊은 잠에 빠져든다.

꿈속에서 김윤주를 만난다.

대학교다. 인문대 503호 강의실이다. 교양과목으로 듣는 현대의 서양문화 시간.

교수와 윤주가 서로 문답을 주고받으며 열을 낸다. 무슨 내용인지는 잘 모르지만 서양의 공공조형물에 대한 얘기 같다. 그러다가 두 사람이 소리 내어 웃는다. 강의실의 다른 학생들도 모두 따라서 웃는다.

솔희도 웃는다. 그런데 가슴이 답답해온다. 자꾸 몸의 기운이 빠지며 다리의 힘이 풀린다. 일어설 수가 없다. 교수와 윤주를 비롯해 모두 강의실을 나가는데 솔희만 나갈 수가 없다. 윤주가 솔희를 그냥 놔두고 저 혼자만 나가서 몹시 섭섭하다. 윤주가 왜 그랬을까. 솔희의 다리는 도무지 말을 듣지 않는다. 가슴은 점점 더 답답해오고 죽을 것만 같다.

솔희가 눈을 뜬다. 얼굴이며 목덜미와 등에 땀이 흥건하다. 침대에서 일어나 앉는다. 심호흡을 한다. 수건으로 땀을 닦는다. 침대시트와 이불에도 땀이 젖었다.

그런데 꿈속에서 만난 윤주가 반갑지가 않다. 이젠 정말 차갑게 멀어진 느낌이다. 윤주는 솔희를 모른 척하고 그냥 강의실을 나갔다.

윤주와 두 번 다시는 친구로 만나고 싶지 않다고 생각한 것은 솔희가 한창 정신없이 화공약품회사를 다닐 때였다. 장마가 시작될 무렵의 어느 일요일 오후였다. 모처럼 바람도 쐴 겸 여름옷을 보러 동대문시장에 가려고 외출 준비를 하는데 전혀 생각지도 않은 윤주에게서 전화가 왔다. 그래서 까치산역 근처의 카페에서 만났다. 둘은 정말 오랜만에 이런저런 얘기를 나누었다. 그런데 윤주가 갑자기 묘한 웃음을 지으며 뜬금없이 솔희에게 물었다.

그런데 결혼하면 다들 그렇게 하나 보지?

뭘?

입으로 해주는 거 말이야.

입으로?

잠자리를 할 때 아내가 남편한테 입으로 자지를 빨아주고 그런다데?

그래?

혹시 너도 그러니?

나?

홍규 씨하고 잠자리할 때, 아니 홍규 씨라고 하면 안 되지. 네 남편하고 잠자리할 때 입으로도 해주니?

뭐?

순간 솔희는 피가 거꾸로 치솟는 느낌이었다. 가슴이 탁 막혔다.

아니, 보통 창녀들이 그런다잖아. 남자들 자지를 빨아주고 정액도 먹고 말이야. 아이, 더러워.

솔희는 곧 알아차렸다. 남편이 윤주에게 말했다는 것을.

솔희는 남편이 하도 졸라서 입으로 남편의 성기를 빨아주었다. 결혼 후 이제까지 두 번을 해주었다. 처음엔 완강하게 거부

했지만 남편은 협박까지 했다. 결혼한 남자들이 왜 바람나는 줄 아느냐, 노래방도우미나 다방아가씨들과 왜 놀아나는 줄 아느냐, 대낮에도 아내 몰래 왜 모텔에 가서 여자를 부르는 줄 아느냐면서 계속 으름장을 놓았다. 그래서 어쩔 수 없이 자존심과 수치심과 구역질을 참아가면서 남편의 요구를 들어주었다. 그런데 어떻게 그런 은밀하고 부끄러운 얘기를 윤주에게 말할 수 있는지 모르겠다. 할 얘기가 있고 못 할 얘기가 있지. 나쁜 인간.

솔희는 윤주 앞에서 너무 창피하고 치욕스러웠다. 무엇보다 그 두 사람이 그런 얘기를 주고받으며 솔희를 발가벗기고 여기저기 마음대로 들쑤시며 마치 장난감처럼 가지고 놀았을 생각을 하니 기가 막혔다. 몸이 떨려 견딜 수가 없었다. 솔희는 호흡을 가다듬고 윤주에게 말했다.

두 번 해줬어.

어머, 그랬니? 그랬구나.

윤주는 모르는 척 시치미를 떼고 애써 놀라는 표정을 지었다. 가증스러웠다. 그래서 솔희는 웃으며 말했다.

생각보다 괜찮더라고. 신랑도 만족해하고, 나도 좋았어.

그러자 윤주는 솔희의 말이 전혀 뜻밖이라는 듯 눈을 동그랗게 떴다.

윤주야. 너도 해봐. 참, 미혼이지? 그럼 오히려 더 잘됐네. 구애받지 않고 아무 남자들이랑 해도 되고.

그렇게 말하고 솔희는 자리에서 일어났다. 윤주가 소리를 지르며 불렀지만 그냥 카페를 나왔다.

솔희는 윤주와 헤어진 뒤 집으로 오지 않고 예정대로 동대문시장에 가서 김떡순을 사먹고 아이스크림도 사먹었다. 녹두빈대떡에 막걸리도 한잔 마셨다. 그리고 세상에서 가장 예쁜 옷도 샀다. 회사에 입고 갈 옷이었다.

그날 솔희는 윤주와 만나기를 잘했다고 생각했다. 남편과 윤주가 다시 만난다는 것을 확인했기 때문이었다.

생채를 만들려고 무를 사러 슈퍼에 가는데 통장여자의 대학생 딸이 고드름을 따고 있다. 슈퍼의 옆집인 이층집 담 쪽에 쌓아둔 목재더미에 생긴 고드름이다. 키가 닿지 않자 가게에 들어가서 빗자루를 들고 나와 손잡이 부분으로 톡톡 건드리며 딴다. 그러고는 고드름을 입으로 가져가서 먹는다. 그 모습이 왠지 귀엽다.

통장여자가 오늘따라 무를 갖다놓은 게 없다고 해서 솔희는 대학생 딸에게 얻은 고드름만 조금 깨물어 먹다가 돌아온다. 무 한 개를 사러 큰길의 마트까지 갔다 오기에는 날씨가 너무 춥다. 그냥 집으로 돌아온다.

생채 대신에 배추김치를 찢어 넣고 고추장을 두 숟가락 넣는다. 참기름이 없어서 식용유를 조금 넣고 빨갛게 밥을 비빈다. 그리고 게걸스럽게 퍼먹는다. 이마에 땀이 맺힌다. 입안이 아주 맵다. 고추장을 너무 넣어서 짜기까지 하다.

이마의 땀을 닦고 나니 한결 시원한 느낌이다. 설거지까지 마치고 방으로 들어온다.

그러고 보니 설날이 며칠 안 남았다. 새해 달력을 물끄러미 바라보다가 발견했다. 달력은 성당 달력이다. 정초에 수녀님이 준 달력이다. 새해 달력이 있느냐고 물어 없다고 대답했더니 주신 것이다. 신자는 아니지만 일껏 주신 거니까 걸어놓은 것이다.

솔희는 설을 쇠러 잠깐 시골에 간다. 해아저씨는 설을 쇠러 어디로 가는지 모르겠다.

10

설날이다. 음력 1월 1일이다. 눈은 내리지 않는다.

솔희는 아침 일찍 송악면 강장리의 시골집에 다녀왔다. 빈손으로 갈 수는 없어서 아빠와 엄마가 심심할 때 먹으라고 이틀 전에 사놓은 마카롱 두 상자와 파인애플 빵을 들고 갔다. 그리고 차례만 지내고 떡국만 먹었다. 아빠와 엄마, 작은아빠와 작은엄마에게만 세배를 하고 성묘도 생략한 채 재빨리 시냇가빌라로 돌아왔다. 시간을 더 지체했다간 작년 설날처럼 곤욕을 치를까 봐 겁이 나서였다. 돌싱녀가 된 뒤 처음으로 남편 없이 혼자서 친정에 갔다가 오후부터 들이닥친 친척들과 동네 사람들에게 쑥덕쑥덕 따가운 눈길을 받으며 곤욕을 치렀기 때문이었다. 특히 술이 얼큰해진 당고모가 왜 이혼했느냐고 자꾸 되묻고, 심지어 아기는 어쩌다가 유산했느냐고 묻는 바람에 너무 힘들었다. 아무리 친척 어르신이지만 솔희가 술안줏감이 된 것만 같아서 아주 불쾌했다.

돌싱녀라는 존재는 예술인이나 방송연예인을 제외하고 여전히 한국 사회에서 그다지 달가운 예우를 받지 못한다는 사실을 절감했다. 특히 시골에선 더욱더 돌싱녀에 대한 예우가 부족하다.

그렇다고 명절인데 안 가면 또 그것대로 자존심이 상한다. 이혼이 무슨 죄도 아니고. 그래서 꼭두새벽에 일어나 준비하고 버스를 타고 냉큼 다녀왔다.

솔희는 집에 오자마자 엄마가 싸준 떡국과 차례 음식들을 그릇에 담는다. 그리고 위층으로 올라가 302호의 초인종을 누른다. 그러나 아무 반응이 없다. 해아저씨가 집에 없는 모양이다. 어젯밤 늦게까지만 해도 집에 불이 켜져 있는 걸 확인했다. 그래서 설을 쇠러 어디에도 안 가는 모양이라고 생각했는데.

솔희는 집에 다시 들어와 음식을 놓고 밖으로 나간다. 그리고 미끄러운 언덕길을 올라간다. 해아저씨가 항상 트럭을 주차

해놓는 언덕길 왼쪽의 작은 석유판매소로 가서 살그머니 마당을 들여다본다. 그런데 그곳 마당에도 트럭이 없다.

해아저씨는 설날 아침 일찍부터 어디를 간 걸까. 어디로 설을 쇠러 간 걸까.

11

솔희가 언덕길에 쌓인 눈을 치우는데 성당의 수녀님이 조심
조심 언덕길을 내려온다. 멀리서 솔희를 알아보고는 웃으며 큰
소리로 인사를 건넨다. 솔희도 인사를 건넨다. 엄마보다 약간
나이가 젊은 그 수녀님은 항상 솔희를 먼저 알아보고 인사를
건넨다. 성당에서 교리수업을 담당하고 있는데 솔희더러 성당
에 나오란 말을 여태껏 한 적이 없다. 솔희도 성당에 다닐 생각
은 없고. 하지만 전에는 그런 수녀님과 가끔 언덕길에서 인사
를 나누는 것이 그냥 좋았다. 그런데 지금은 그렇지가 않다. 해
아저씨가 그곳에 시신을 묻고 난 후부터다.

수녀님이 언덕길을 다 내려가 시야에서 사라지고 길 건너 맞
은편의 슈퍼에서 통장여자의 모습이 보인다. 솔희가 인사하니

커피 마시러 건너오라고 소리를 친다. 그녀는 커피를 엄청 좋아한다. 인사가 커피다. 커피를 마시며 인생과 동네를 논한다.

인생국수집이 하루 영업을 쉰다. 주방에 공사가 있다.

눈이 다시 내린다.

아직도 세상을 하얗게 덜 칠했나 보다.

하얗게 모두 칠하면 세상은 더없이 고요해질까.

경건하고 높은 곳에서 내려오는 순백의 은혜로움으로

밤마다 뒤척이는 모든 지상의 아픔들을 어여삐 거두어주실까.

잠시 소망해보는 사이,

눈은 바람을 타고 거침없이 내린다.

눈은 제법 내릴 것 같다.

솔희가 두 아이에게 먹일 닭고기를 사러 현관문을 열고 밖으로 나온다. 말랭이가 또 몸이 좋지 않아서 닭고기를 먹이기 위해서다. 그런데 마침 202호의 현관문도 열린다. 공방아줌마가 나온다. 솔희와 눈이 마주친다. 그런데 눈빛이 너무 무섭다. 소름이 돋는다. 평소에도 그녀는 무슨 이유에서인지 솔희를 항상 냉랭하게 대하는 눈빛이었다. 그러나 지금의 눈빛은 그때와는 비교도 할 수 없는 증오에 가득 찬 눈빛이다. 그녀는 왜 솔희를 증오할까.

솔희는 그녀에게 인사를 건넬 엄두조차 못 낸다. 공방아줌마는 계속 증오의 눈빛으로 솔희를 쏘아본다. 솔희는 얼른 고개를 돌린다. 계단을 내려온다.

"빨리 좀 나와!"

공방아줌마가 자기 집의 안쪽에 대고 누군가에게 소리친다.

솔희가 1층 계단을 막 내려서는데 202호에서 101호의 아래층여자의 목소리가 들려온다.

"날만 추우면 설사를 그렇게 자주 해."

202호에서 나온 아래층여자가 문 앞에서 공방아줌마에게 겨울이면 심해지는 설사 얘기를 한다. 두 여자가 202호에서 함께 있었던 모양이다. 그러더니 갑자기 두 여자가 조용해진다. 공방아줌마가 아래층여자에게 솔희 얘기를 속닥인 듯하다. 방금 내려갔다고.

그런데 두 여자가 202호에서 무슨 얘기를 주고받았기에 공방아줌마가 솔희를 증오할까.

솔희는 아무리 생각해도 그 이유를 모르겠다.

빌라 건물 밖으로 나오니 하늘에선 새하얗게 눈이 쏟아지고 있다. 건물 마당은 이미 하얀 마당으로 변했고, 언덕길도 하얀 길로 변했다. 길 건너 슈퍼의 지붕도 하얀 지붕으로 변했고, 하얀 전봇대, 하얀 은행나무들, 하얀 집들, 하얀 우산들.

솔희가 우산을 쓰고 마트로 간다. 슈퍼의 뒷길에 식당 겸 정육점이 있는데 그곳에선 생닭을 팔지 않는다. 그래서 좀 더 걸어서 마트로 가는 것이다. 하얀 길이 조금은 불편하지만 두 아이가 닭고기를 잘 먹으니 갔다 오려는 것이다.

큰길로 접어들자 9층 건물이 보인다. 마트는 1층이다. 사람들이 하얀 우산을 털고 마트로 들어간다.

그런데 202호에서 두 여자가 무슨 얘기를 주고받았을까.

마트의 4차선도로 건너편의 인도에 해아저씨가 보인다. 그곳에 약국이 보이고 약국 옆 골목엔 뼈다귀해장국집이 있다. 해아저씨는 약국에서 나오는 것인지, 해장국집 골목에서 나오는 것인지 모르겠다. 기왕이면 약국이 아니고 해장국집 골목에서 나오는 길이면 좋겠다. 해아저씨는 우산을 안 썼다. 우산이 없다. 머리 위에 하얗게 눈이 내려앉는다. 등에 짊어진 해 위에도 눈이 앉는다. 하얀 해.

해아저씨는 요즘 같은 겨울철에는 일거리가 거의 없다. 등록해놓은 동네 근처의 인력사무소에서도 연락이 뜸하다. 만일 연락이 오면 이런저런 일을 나간다. 미장, 전기, 도배, 주택보수, 보일러수리, 간판기획 등등. 모두 보조일꾼으로 일한다. 그는 분명히 대학교를 다녔지만 졸업을 했는지는 모른다. 솔희가 시냇가빌라로 이사 와서 그를 다시 만난 후로 무척 궁금했지만 물어보지 않았다. 남의 학력을 묻는 것도 뜬금없어 보이고 말이다. 해아저씨는 올겨울이 시작되기 전에 성당에서 한동안 일을 했다. 성당 마당에 서 있는 성모마리아상의 우측으로 화단을 넓히고 성모마리아상의 앞쪽에 작은 연못을 조성하는 일이었다. 그는 성당의 신자는 아니라고 했다. 성당에 다니는 통장여자의 말에 의하면 그렇다. 그리고 그는 이 작은 도시의 전철역사 옆에 있는 입시학원에서 수학을 강의한 적이 있고, 더 젊었을 때는 과외공부를 지도한 적도 있다. 그가 가끔 솔희에게 건네주는 책들은 폐지 수거로 거둔 것들인데, 폐지 수거는 틈날 때마다 한다. 해아저씨는 나름대로 열심히 살아가는 사람이다. 그래서 솔희는 더 가슴이 아프다. 솔희 때문에 사람을 죽여서다. 솔희를 구해주려다가 일어난 일이었다.

솔희는 하얀 우산을 털어서 접고 마트로 들어간다.

집에 돌아오니 집 안이 난장판이다. 청소를 해놓은 안방은 더 정신없이 어지럽혀 있다. 며칠 잘 놀다가 어제는 또 하루 종일 아팠던 말랭이가 웬일로 살아났다. 솔희를 보고는 사뭇 엉겨 붙고, 짖고, 뛴다. 그러더니 티티에게 장난을 걸고 쫓아다닌다.

큰일이다. 말랭이가 의외로 지독했던 감기몸살에서 살아난 것은 반갑고 기쁘지만, 한편으론 걱정이 태산이다. 밤이 더 걱정이다. 오늘 밤부터 또 막무가내로 짖어댈 것이다. 그런데 솔희가 마트에 다녀오는 동안에 시끄럽다고 아래층여자가 안 쫓아 올라왔는지 모르겠다. 아닌 것 같다. 그랬더라면 지금도 쫓아 올라왔을 것이다. 아마 아까 공방아줌마와 둘이서 외출을 한 모양이다. 시내 중심가에 있는 온천관광호텔의 찜질방에라도 간 모양이다. 얼마 전 통장여자의 말에 따르면 그곳 찜질방엔 온 동네의 아줌마들이 다 모여든다고 한다. 해가 질 때까지 먹고 웃고 수다를 떨며 시간을 보낸다고 한다. 이 추운 겨울, 그녀들만의 행복한 겨울나기다.

솔희는 옷을 갈아입고 화장실로 들어간다. 세면대 배수구의 물막이마개를 시계 반대 방향으로 돌린다. 신기하게도 마개가 빠진다. 그런 후 배수구의 구멍을 들여다본다. 구멍 주위에 이물질들이 덕지덕지 끼어 있다. 물이 내려가지 않도록 막고 있던 주범이었다. 솔희는 어제 낮에 인생국수집의 조리실장 아줌마가 일러준 대로 세탁소 옷걸이를 펴서 끝부분을 낚싯바늘처럼 휜다. 그리고 그걸 배수구 구멍에 넣고 이물질들을 끌어올린다. 그러나 신통치가 않고 불편하다. 솔희는 그냥 손가락을 집어넣어 조심스레 이물질들을 꺼낸다. 길게 늘어진 머리카락 뭉치와 정체불명의 시커먼 찌꺼기를 몇 차례나 꺼낸다. 막상 꺼내놓고 보니 양이 꽤 되고, 아주 더럽다. 가관이다. 그런데 웬 머리카락들이 그렇게 많은지 모르겠다. 솔희는 이 집에 이사 온 후 화장실 바닥에 쪼그리고 앉아 머리를 감는 게 불편해서 그냥 세면대에서 머리를 감았다. 아마 그때마다 생긴 머리카락인 듯하다. 아무튼 인생국수집에서 직원 아줌마들한테 물어보길 잘했다. 만일 해아저씨에게 세면대 배수구를 뚫어달라고 부탁했더라면 볼썽사나운 머리카락 뭉치와 시커먼 찌꺼기들 때문에 아주 망신을 당할 뻔했다. 다시 물막이마개를 끼우고 세면대의 물을 트니 시원하게 물이 잘 내려간다.

컵라면에 밥을 말아서 고들빼기김치와 먹는다. 이른 저녁식

사를 마친다. 솔희는 예전엔 컵라면을 좋아하지 않았다. 1년
에 한두 번 정도 먹었다. 그런데 이혼하고 이 작은 도시로 내려
와 혼자 살면서 가끔씩 먹기 시작했다. 그러다가 이젠 습관처
럼 되어버려서 하루에 한 개는 꼭 먹는 편이다. 그래도 늦은 밤
에는 먹지 말아야 하는데 자기 전에 먹을 때도 많다. 그래서 그
런지 아랫배가 똥배가 된 느낌이다. 이러다가 비만이 지나쳐서
돼지가 되는 것은 아닌지 모르겠다. 걱정이다. 해아저씨가 솔
희의 백옥 같은 알몸을 어루만지다가 돼지우리의 꿀꿀거리는
돼지임을 알고 기절함. 솔희의 끔찍한 상상이다.

텔레비전을 보는데 인생국수집의 주인여자한테 전화가 온
다. 주방 공사를 내일도 해야 할 것 같다면서 하루 더 출근하지
말란다. 알았다고 대답한 뒤 전화를 끊으면서 그럼 알바 시급
은 어떻게 되는 것인지 문득 궁금해진다. 월급직원이 아니라서
일을 안 했으니까 안 주는 것인가. 솔희는 정말 궁금하지만 주
인여자에게 전화해서 물어볼 수는 없다. 당연히 안 주겠지. 무
노동 무임금. 그렇지만 주인여자는 그럴 사람이 아니다.

그런데 인생국수집 주인여자의 별명이 볼테기란다. 며칠 전
에 식당에 찾아온 그녀의 고향 친구들이 말했다. 그녀의 도톰
한 볼이 볼테기를 닮은 데다 그녀가 2013년경에 경기도 성남에

서 잠시 대구볼테기식당을 운영했었기 때문이란다. 그렇다면 그녀는 항상 웃음을 띠고 생활하므로 웃는 볼테기다. 솔희는 그녀를 웃는 볼테기라고 부르고 싶다. 물론 어른 별명을 함부로 부를 순 없지만 말이다.

말랭이가 갑자기 현관 쪽으로 달려가더니 마구 짖는다. 202호의 문 앞에서 사람들의 인기척이 들려서다. 솔희는 화들짝 놀라 얼른 뛰어가 말랭이를 안아 올린다. 손으로 말랭이의 입을 막는다. 공방아줌마가 이제 막 귀가한 모양이다. 공방아줌마의 목소리도 들리고, 아래층여자의 목소리도 들리고, 낯선 아줌마들의 목소리도 들린다. 202호에서 그녀들이 겨울밤을 보낼 모양이다.

밖에 눈이 여전히 내린다. 가로등 불빛을 새하얗게 덮으며 내린다. 눈이 점점 쌓여간다. 제법 많이 쌓였다. 눈은 그친 뒤에 치우기로 하고 솔희는 건넌방 창문을 닫는다. 어느새 곁에 와 있는 말랭이와 티티를 안아 올린다.

침대에 누워 말랭이와 티티를 재우며 텔레비전을 본다. 영화다. 미국 영화다. 실종된 딸을 찾아 나선 아버지 얘기다. 총이 등장한다. 딸을 찾기 위해 총이 필요하다. 딸이 아니더라도 미국 영화 열 편 중에 아홉 편은 꼭 총이 등장한다. 무엇을 하든 총이 있어야 영화가 만들어진다. 만드는 사람이나 보는 사람이나 온전한 정신인지 모르겠다. 솔희는 총에 관심이 없다. 채널을 바꾼다. 또 채널을 바꾸다가 멈춘다. 8시뉴스다. 어떤 20대 여자가 어제 오후 네 시경에 서울 송파구 방이동의 어느 길거리에서 그녀의 남자친구한테 무차별 폭행을 당해 의식불명 상태에 빠진 사건이다. 술 취한 31살의 남자친구는 자신의 여자친구를 주먹과 발길로 마구 폭행했는데, 여자가 폭행을 피해 도망가면 쫓아가서 여자의 머리채를 휘어잡고 또 마구 때렸다. 주변의 CCTV카메라에 잡힌 화면에는 여자가 웃옷이 찢기고 피투성이가 되어 정신을 잃고 길바닥에 쓰러져 있는데 남자가 무자비하게 발로 걷어차는 모습이 나온다. 지나가던 시민들이 남자를 말려보지만 허사다. 어떤 시민은 말리다가 남자에게 주먹으로 얻어맞고는 자리를 피한다. 다행히 길거리 인근의 화장품가게 점원이 112에 신고를 해서 순찰차가 왔고 남자가 경찰관들에게 체포되었다. 그런데 경찰 조사 결과, 폭행의 이유가 여자의 이별 통보 때문이란다. 한편 여자는 아직까지도 의식불명 상태란다.

그러면서 기자는 우리 사회의 심각한 데이트폭력에 대해 문제를 제기하고 범죄심리학과 교수와의 인터뷰를 보여준다. 연인이 자신의 소유물이라는 것. 자신의 장난감이 감히 말을 하면서 이별을 통보했으므로 철저하게 짓밟고 부숴버리는 것. 주먹과 발로, 때로는 소주병과 핸드폰 삼각대와 골프채와 시퍼런 칼로 말이다. 내 장난감을 내가 부순다는데 뭐가 이상해? 웬 시비냐고? …… 그 교수가 설명하는 데이트폭력남의 의식구조에 대해 솔희는 어이가 없고 소름이 끼친다.

솔희는 같은 여자로서 너무 마음이 아프다. 형언할 수 없을 정도로 아프다. 어떻게 자신의 여자친구를 의식불명이 될 때까지 때리나. 악마새끼.

솔희는 이혼한 남편에게 저 정도까지는 맞아본 적이 없다. 주먹으로 맞아본 적은 여러 번, 뺨을 맞아본 적도, 집어던진 물건으로 맞아본 적도 여러 번 있다. 그러나 언어폭력은 이혼할 때까지 4년여 동안 수시로 당했다. 물론 그가 솔희에게 저지른 가장 큰 폭력은 실직상태에서 솔희 몰래 윤주를 다시 만난 것이었다. 솔희는 회사를 다니며 열심히 돈을 벌고 있었는데 말이다.

주먹으로 맞아서 눈앞이 하얗게 변했던 기억이 있다.

결혼 초에 서울의 목동에 마련한 신혼집이 다세대주택이었는데, 두 달이 채 못 되어 전셋집을 내놓게 되었다. 옆집의 바이

올린 소리 때문이었다. 아침나절을 빼고는 밤낮으로 시도 때도 없이 울려대는 바이올린 소리 때문에 남편이 도저히 살 수가 없다고 해서였다. 솔희도 바이올린 소리 때문에 너무 스트레스에 시달렸던 터라 두 사람은 길게 생각할 것 없이 다른 곳으로 이사를 가기로 했다. 그래서 신월동의 부동산중개소를 전전하며 새로운 신혼집을 구하러 다니던 길이었다.

그날은 토요일이었는데 점심을 먹자마자 솔희는 남편과 함께 부동산중개인의 소개로 어떤 오피스텔을 둘러보게 되었다. 두 사람은 부동산중개인 아줌마의 뒤를 따라 오피스텔 건물로 들어섰고 엘리베이터 입구 앞에서 엘리베이터가 내려오기를 기다리고 있었다. 18층에 올라갈 참이었다. 그때였다. 두 여자가 건물로 들어서더니 솔희 뒤에 와서 섰다. 솔희보다는 약간 나이 어린 여자들이었다. 이 오피스텔 건물에서 사는 여자들 같았다. 한 여자는 작고 귀여운 치와와를 안고 있었다.

그런데 솔희의 등 뒤에서 두 여자 중 한 여자가 킁킁거리며 솔희의 머리 냄새를 맡는 것이었다. 솔희는 설마 했다. 처음 보는 낯선 사람의 머리 냄새를 그렇게 대놓고 맡는 사람도 있나 싶어서였다. 그러나 사실이었다. 그녀는 솔희의 등 뒤에서 바짝 코를 대고 솔희의 머리 냄새를 맡았다.

냄새가 웬일이니? 도대체 이게 무슨 냄새야?

그치? 이상하지?

장난 아니다. 냄새가 너무 지저분하네.

공중도덕은 쌈 싸먹었나? 정말 몰상식하다.

어디서 싸구려 하나를 주웠나 보네.

그러더니 둘이 키득키득 웃었다.

솔희가 아무리 들어봐도 자신한테 하는 말이었다. 너무 어이가 없었다. 그래서 뒤를 돌아보며 두 여자에게 물었다.

지금 저한테 하는 소리예요?

네.

그녀들은 당돌하게도 맞받아치며 대답했다.

아니, 내 머리에서 무슨 냄새가 난다는 거예요?

몰라서 물어요? 샴푸 좀 좋은 거 쓰고 다니세요.

아니, 내가 샴푸 하나 쓰는데도 남의 허락을 받고 써야 해요? 그리고 내가 쓰는 샴푸, 유명브랜드 제품이에요.

흥, 유명브랜드 좋아하시네. 어디 동네 마트에서 할인가격으로 묶어 파는 거 쓰면서.

그러자 옆에서 지켜보던 부동산중개인 아줌마가 그녀들에게 한마디 했다.

아가씨들, 무슨 말을 그렇게 해요?

그러나 그녀들은 아줌마의 말에도 아랑곳하지 않고 솔희에게 다시 말했다.

공공장소에 오려면 좋은 샴푸 좀 쓰세요. 그게 예의가 아니겠어요?

솔희는 정말 기가 막혔다. 그런데 남편은 오히려 솔희더러 그만 좀 하라고 팔을 툭툭 치며 핀잔을 주는 것이었다. 아내 편을 들어서 그녀들에게 따지고 나무라기는커녕 말이다.

마침 엘리베이터가 도착했다. 모두 엘리베이터에 올라탔다. 부동산중개인 아줌마는 18층 버튼을 눌렀고 치와와를 안은 두 여자는 10층 버튼을 눌렀다. 그런데 엘리베이터 안에서도 그녀들은 자기들끼리 계속 말했다.

냄새 때문에 토 나올 것 같아.

나도.

짜증 나.

진짜 대박이다.

솔희가 너무 화가 나서 뒤를 돌아보며 말했다.

내가 파마와 염색을 자주 해서 미용실에 갈 때마다 머릿결이 상했다는 말을 많이 들었거든요? 그래서 항상 유기농천연샴푸를 써요. 아주 유명브랜드 제품으로요. 로마샴푸라고 모르시나보네. 나, 그거 써요. 댁들이야말로 싸구려 샴푸를 쓰니까 이 좋은 향기를 몰라보고 그렇게 쌍스럽게 남의 험담이나 하지.

뭐라고요? 기가 막혀! 우리가 싸구려 샴푸를 쓴다고요? 그리고 로마샴푸? 흥, 로마샴푸 같은 소리 하고 있네. 어디서 이름은 한번 주워들어가지고.

말 좀 교양 있게 하세요. 하긴 싸구려 샴푸를 쓰니 말도 천박하게 하지. 그리고 눈썹이나 제대로 그리고 다니세요. 꼭 송충이를 붙여놓은 거 같네요.

솔희도 약이 오르고 화가 나서 그녀들에게 한마디도 지지 않고 대꾸했다. 그러자 두 여자는 송충이란 말에 더 발끈했다. 그래서 솔희와 두 여자가 서로 지지 않고 언성을 높이는데 엘리베이터가 10층에 도착했다. 두 여자는 솔희를 매섭게 노려보며 내렸다. 그리고 엘리베이터 문이 다시 닫히자마자 기다렸다는 듯이 남편이 솔희에게 말했다.

도대체 왜 그러니? 그 아가씨들 금방 내릴 건데 그냥 흘려듣고 말지, 꼭 그렇게 싸워야겠어? 그리고 송충이가 뭐니? 유치하게.

뭐가 유치해? 송충이 같아서 송충이라고 말한 건데. 그리고

내가 처음 보는 여자들한테 모욕적인 말을 듣고도 가만히 있어
야 해? 내가 바보야?

너는 애가 왜 그렇게 옹졸하니?

순간 솔희는 남편의 옹졸하다는 말에 너무 서러워서 눈물이
핑 돌았다. 아까부터 계속 아내 편을 안 들고 처음 보는 두 여
자의 편만 든 남편이 너무 미웠다.

그럼 옹졸하지 않은 그 여자들하고 살아!

솔희는 울먹이며 소리를 질렀다. 부동산중개인 아줌마도 거
울을 통해 남편을 빤히 쳐다보며 어이가 없다는 표정이었다.
이 남자, 남편 맞아? 그런 표정이었다.

솔희는 아줌마를 보기에도 창피했다. 그래서 엘리베이터가
18층에 멈추자, 남편더러 아줌마하고 둘이서 오피스텔을 둘러
보라고 말했다. 남편의 얼굴이 일그러졌지만 솔희는 엘리베이
터에서 내리지 않고 그길로 곧장 집으로 돌아왔다.

그리고 그날 오후 늦게 오피스텔을 둘러보고 귀가한 남편이
집 안에 들어서자마자 욕설과 함께 주먹을 날렸다. 솔희는 얼
굴을 맞고 식탁을 밀치며 쓰러졌다.

너, 되게 못생겼어. 알아?

남편은 그 말과 함께 김치냉장고 옆의 쓰레기통을 발로 걷어

찼다.

멍청하고.

그러고는 남편은 방문을 부술 듯 닫으며 안방으로 들어갔다.

이혼한 남편이 다시 시냇가빌라에 나타난 것은 지난해 늦가을의 끝 무렵이었다. 첫눈이 내리고 며칠 후였다. 솔희는 점심 설거지를 마친 뒤, 빌라 건물 마당의 낙엽들을 쓸고 성당으로 가는 언덕길을 따라 올라가며 역시 낙엽들을 쓸고 있었다. 허리를 펴고 잠시 언덕길 아래를 내려다보는데 슈퍼에서 담배를 사갖고 나오는 남자가 있었다. 그는 담배를 한 대 피워 물고는 곧장 길을 건너 시냇가빌라 입구로 왔다. 전남편이었다.

전남편은 솔희에게 다시 결합할 것을 요구했다.

모두 내가 잘못했다. 용서해줘. 그리고 우리 다시 시작하자. 이번엔 잘할 수 있어. 정말 잘할게, 응?

그는 쉬지 않고 말을 하며 애원하듯 솔희에게 매달렸다. 그러나 솔희는 털끝만큼도 그와 다시 살고 싶은 마음이 없었다.

싫어.

왜?

그냥 싫어.

내가 입이 백 개가 있어도 할 말은 없다. 내가 죄인이야.

그만 가. 다시는 찾아오지 마.

나한테 한 번만 속죄의 기회를 주면 안 되겠니?

그는 솔희에게 매달렸지만 솔희는 그를 더 이상 상대하지 않고 빌라 건물 안으로 들어왔다. 그는 집요하게 따라 들어왔다. 솔희의 팔을 거칠게 붙들었다. 그 바람에 손에 들었던 빗자루를 떨어뜨렸다. 솔희가 빗자루를 주워들며 신경질을 좀 냈다. 그러자 전남편이 빗자루를 빼앗으며 갑자기 솔희를 우편함의 벽 쪽으로 밀어붙였다.

왜 그래? 팔 놔!

놀란 솔희가 소리를 질렀다. 그래도 전남편은 솔희를 놓아주지 않았다. 솔희가 발악을 하듯 소리를 더 크게 질렀다. 그때 외출에서 돌아오던 해아저씨가 건물로 들어서며 그 광경을 목격했다. 해아저씨와 전남편의 두 번째 만남이었다. 해아저씨의 손에는 폐지로 주운 책 몇 권과 광고 전단지가 가득 든 봉지가 들려 있었다. 해아저씨가 두 사람 앞을 그냥 지나치지 않고 머뭇거리며 그대로 서 있었다. 그러자 전남편이 험악하게 해아저씨를 노려보며 말했다.

아저씨, 뭘 봐요?

순간 해아저씨가 전남편의 눈치를 살피며 움츠러들더니 두 사람 앞을 죽은 듯이 조용히 지나갔다. 솔희는 해아저씨의 등에 짊어진 해가 더없이 무거워 보여 너무 속이 상했다. 그래서 전남편에게 버럭 소리를 질렀다.

안 가? 가라고!

솔희는 경찰에 신고할 각오를 하며 전남편을 밀쳤다. 그는 당황해하면서도 솔희를 붙든 팔은 풀지 않았다. 해아저씨가 계단을 올라가다 말고 그 모습을 내려다보았다. 전남편이 해아저씨를 올려다보며 큰 소리로 외쳤다.

씨발, 맞고 싶어?

그 말에 해아저씨가 다시 조용히 계단을 올라갔다. 3층까지 올라가더니 잠시 뜸을 들였다가 302호의 현관문을 열었다.

왜 애먼 사람한테 난리야? 그리고 연장자한테 왜 덮어놓고 반말이야?

솔희는 전남편의 몰상식함에 화가 나서 소리쳤다.

경찰 부르기 전에 그만 가지!

경찰?

전남편은 경찰이란 말에 발끈했다.

내가 범죄자냐?

그럼 아냐? 엄연히 나하고는 남남인데 이렇게 불쑥 찾아와서 사람을 괴롭히면 범죄자지?

너, 많이 똑똑해졌다. 그러지 말고 우리 다시 결합하자.

싫어.

순간 전남편이 주먹으로 벽을 쳤다. 그리고 악을 쓰며 고함을 질렀다. 그러자 301호의 현관문이 열리며 그 집의 화가노인이 나와 아래층을 내려다보았다. 202호의 공방아줌마도 현관문을 열고 나와 1층을 내려다보았다.

전남편은 그냥 돌아갔다.

솔희는 302호를 찾아가서 해아저씨에게 전남편의 무례함을 사과하려다가 그만두었다. 생각할수록 창피했다.

수건과 양말, 팬티들을 빨아서 빨래건조대에 넌다. 눈길에 흙이 잔뜩 묻은 빨간 운동화도 빨아서 주방 귀퉁이에 세워놓고 안방으로 들어온다. 시신의 핸드폰에 문자메시지가 두 개나 와 있다. 열어보니 전기요금 2만 730원이 자동이체된 출금 메시지와 통신요금 7만 8,550원이 자동이체된 출금 메시지다.

솔희는 시신의 핸드폰을 끄고 돌아서다가 문득 불안한 생각이 든다. 사망 당시 무직 상태라서 달리 수입도 없는데 그러다가 만일 시신의 통장에 잔액이 없을 경우, 매달 자동이체되는 시신의 각종 공과금과 통신비 등은 어떻게 되는 걸까. 그럴 경우 체납이 쌓일 것이고 전기와 통신 등 모든 것이 끊길 것이다. 그러면 결국 시신의 사망 사실이 그 어머니와 친구들에게 발각될지도 모른다.

솔희는 아무래도 해아저씨와 이 문제를 상의해야겠다고 생각한다.

솔희가 빌라 건물 밖에 쌓인 눈을 치우려고 현관문을 열고 나가려는데 202호의 현관문이 열린다. 그리고 공방아줌마와 아래층여자와 낯선 아줌마들의 목소리가 들려온다. 서로 인사를 나누는 걸로 보아 밤이 늦어 집으로 돌아가는 아줌마들이 있는 모양이다.

솔희는 현관문을 열지 않고 다시 안방으로 들어온다.

12

소문이 돈다. 벌써 일주일째다. 302호의 해아저씨와 201호의 솔희가 불륜관계란다.

슈퍼에 커피를 얻어 마시러 갔다가 통장여자한테 처음으로 들었다.

302호 그 아저씨랑 연애하는 거야?

그게 무슨 말씀이세요?

솔희는 기절할 듯 놀랐다.

아니, 동네 여편네들이 그렇게 수군대길래. 그런데 그 아저씨한테 부인이 있는 거 몰랐어?

부인이 있었어요?

그럼. 같이는 안 살지만.

왜요?

아프거든. 아파서 벌써 6년째 친정집에 가 있어. 일어나지도 못하고 누워만 있대. 친정집은 태안이고. 꽃게로 유명한 데 말이야. 안면도도 있고.

네.

정말로 몰랐어?

네.

이번 설에도 자기 부모한테 먼저 안 가고 부인이 있는 태안으로 가서 명절 쇠고 왔잖아.

그랬구나. 그래서 설날 아침에 솔희가 음식을 갖고 찾아갔을 때 집에 없었구나.

그런데 아내분은 어디가 그렇게 아픈데요?

뼈가 아주 약한 병이라나 뭐라나.

뼈가요?

응, 원래 타고나길 그렇게 타고났대. 그런데 그 아저씨랑 기차를 타고 어디를 가다가 사고를 당했대. 흔들리는 기차 화장실 앞에서 다른 사람하고 부딪쳤는데 심하게 떠밀려서 여기저기 뼈가 몇 군데 부러졌다나 봐. 그리고 하필이면 머리까지 다치고. 뇌진탕 말이야. 그래도 죽지 않고 살아난 것만 해도 다행이지. 그러고는 그때부터 저렇게 누워만 있대. 부러진 뼈 때문인지, 뇌진탕 때문인지는 몰라도.

솔희는 안타까운 마음에 깊은 한숨이 나온다.

그 아저씨, 부인 때문에 고생 많이 했어. 치료비하고 약값 댄다고. 그 바람에 잘 다니던 학원 강사도 그만두었잖아.

왜요?

치료비 때문에 대출받은 게 문제가 돼서. 학생들 사이에선 실력도 좋다고 소문났었는데. 수학을 가르쳤지, 아마? 알걸? 전철역 근처에 있는 학원.

네, 알아요.

솔희는 그 입시학원을 안다. 솔희가 고등학교를 다닐 때도 있던 학원이다. 시골로의 통학시간 때문에 수강한 적은 없지만 꽤 유명한 5층짜리 건물의 학원이다. 옛날의 장항선 기차역이 초현대식 건물의 전철역으로 바뀔 때도 변함없이 제자리에서 학생들의 입시공부를 도왔던 학원이다. 지금은 그때보다도 훨씬 규모도 커지고 건물도 세련되게 바뀌었다.

그 아저씨가 학원 강사를 그만두고 안 해본 게 없을걸? 몸은 그렇게 불편하게 생겼어도 안 해본 일이 없어. 험한 막일도 했으니까. 한때는 모래채취선도 탔어. 거기서 번 돈으로 트럭을 샀다지, 아마? 지금도 일 다닐 때 타고 다니는 트럭 말이야. 봤지?

네.

솔희는 그 트럭을 탄 적도 있었다. 시신을 싣고 갔던 트럭.

통장여자는 해아저씨와 그 부인을 걱정하며 안타깝다는 듯 혀를 찼다.

아이는요?

무슨 아이?

아저씨 아이요.

아, 애는 없대. 그리고 그 아저씨 형편에 무슨 애야? 애가 없는 게 차라리 낫지. 누가 키워? 부인은 그렇게 아파서 친정에 가 있는데. 아저씨가 키운다고? 에이, 안 돼. 그 아저씨, 혼자 밥 끓여 먹는 것도 힘들어.

해아저씨는 아이가 없단다. 솔희도 아이가 없다. 결혼생활 4년여 동안 두 번 아기를 가졌지만 모두 유산했다. 아기를 낳았더라도 이혼은 변함없었을 것이다.

솔희는 해아저씨의 부인에 대해 더 물어보고 싶었지만, 통장여자가 공연히 쓸데없는 오해를 할까 봐 입을 다물었다.

정작 궁금한 것은 해아저씨와 솔희 사이를 불륜관계라고 소문을 낸 동네 여자들이었다. 누구인지 알고 싶었지만 역시 물어보지 않았다. 통장여자가 말해줄 것 같지도 않아서다. 그러나 얼핏 의심이 가는 얼굴들이 떠올랐다. 솔희의 가까운 이웃 여자들이었다. 그중에서도 특히 한 여자.

눈보라가 몰아친다.
하얀 전차를 앞세우고 하얀 병사들이 몰려온다.
눈보라군단은 온 마을을 점령한다.
솔희를 집 안에 감금한다.
봄에 대한 환상을 품지 말 것.
그렇게 솔희에게 명령한다.

소문의 눈보라가 몰아친다.
낯선 소문을 앞세우고 낯선 병사들이 몰려온다.
소문의 눈보라군단은 온 마을을 점령한다.
솔희를 영혼의 감옥에 감금한다.
사랑에 대한 환상을 품지 말 것.
그렇게 솔희에게 명령한다.

밤새도록 솔희의 집 앞엔 눈보라군단의 감시병이 지키고 있다.

솔희가 현관문을 열 때마다 체크하고

솔희가 외출할 때마다 감시병이 그림자처럼 따라다닌다.

인생국수집에 출근할 때도, 마트에 주방세제와 화장지를 사러 갈 때도 곳곳에서 감시병의 눈길이 번뜩인다.

아무래도 상관없다. 솔희는 소문엔 개의치 않는다.

감금도 두렵지 않고 감시병의 눈길도 두렵지 않다. 얼마든지 이겨내고 견딜 수 있다.

다만 해아저씨가 걱정이다.

해아저씨도 감금당하고 체크를 당하고 감시병이 그림자처럼 따라다닐까.

솔희는 그것이 견딜 수 없도록 힘들다.

13

솔희는 그냥 피곤해서 조퇴를 한다. 인생국수집의 주인여자에게 몸이 좀 아프다고 말했더니 그만 들어가라고 한다.

집에 오는 길에 거리에서 떡볶이를 사먹고 오징어튀김도 사먹는다. 편의점에 들러서 계란과자와 사과잼과자, 콜라를 사먹는다. 전에는 좀 비싼 것 같아서 안 사먹던 편의점 치킨도 다섯 조각이나 사먹는다.

이것저것 실컷 사먹는다. 돼지처럼.

시냇가빌라로 올라가는 언덕길 입구의 분식집에선 꼬마 김밥도 사먹는다. 그리고 언덕길을 몇 발자국 오르다가 펑펑 운다.

막막하고 서러운 겨울 하늘 아래에서.

14

새해 달력 한 장을 넘긴다. 2월이다. 며칠 후면 입춘이다. 바야흐로 봄이 시작된다는 절기다. 그러나 이 작은 도시는 아직도 한겨울이다. 혹독한 추위는 여전하다. 그나마 가스보일러가 정상적으로 작동해서 다행이다. 작년 겨울엔 보일러가 고장 나서 애를 먹었다. 집주인이 보일러기사를 늦게 보내주는 바람에 더 그랬다. 기사라는 중년 사내도 담배를 피워가며 아주 느리게 여기저기 보일러를 들여다보고, 핸드폰으로 낄낄거리고 잡담도 해가며 한참 만에 고치고, 베란다 바닥은 보일러파이프의 검은 물로 흥건하고.

말랭이의 입 냄새가 지독하다. 날이 추워서 더 심한 것인지는 모르지만, 말랭이가 혀를 내밀어 솔희에게 입맞춤할 때면 거의 악취 수준이다.

솔희는 인생국수집에 출근하기 전에 동물병원부터 다녀오기로 한다. 그리고 보니 티티나 말랭이나 치아 관리에 소홀했다. 티티의 옛 주인도 아이들의 치아 관리에 대해선 아무 말도 없었다.

미역국에 간을 하지 않는다. 건더기를 건져내서 솔희의 국그릇에 담는다. 국물만 사료에 붓는다. 티티와 말랭이에게 밥을 주고 솔희도 식사를 한다. 미역국에 멸치액젓으로 간을 한 후 밥을 말아서 고들빼기김치와 먹는다. 고들빼기김치도 어느덧 동이 났다.

설거지를 하는데 핸드폰 벨이 울린다. 아빠다. 웬일일까.

—사랑하는 딸. 추운데 잘 지내?

—응.

—방은 따뜻하고?

—응, 나는 따뜻하게 잘 지내. 걱정 마셔. 그런데 웬일이야? 아빠가 전화를 다 하고?

—딸내미 목소리가 듣고 싶어서.

―듣던 중 반가운 소리네?

그러나 솔희는 눈치를 챈다. 아빠가 또 가출을 하려는 모양이다.

―아빠, 또 집을 나가려고 그러지?

―그래.

―왜? 엄마랑 싸웠어?

―아빠가 언제 엄마랑 싸우고 집 나가는 거 봤니?

―그런데 왜?

―새삼스레 이유는 뭘 물어? 그래서 말인데, 네 엄마 돈을 조금 가져간다.

―아빠야말로 새삼스레 그걸 뭘 말해? 그냥 가져가면 되지.

―나는 도둑이 아니니까.

그러면서 아빠는 가출했던 기간 중에 일해준 임금을 아직 못 받아서 그렇다고 한다.

―무슨 회사를 다녔는데?

―자동차부품공장. 6개월 조금 넘게 일했나?

―그런데 월급을 못 받아? 얼마나?

―5개월 치.

―왜?

—중국에서 사드보복을 하는 바람에 회사에 돈이 씨가 말랐단다.

—자동차부품을 중국에 수출하는 회사야?

—직접 수출하는 것은 아니고 국내의 완성차공장에 납품하는 거야. 그 완성된 차를 중국에 수출하는 거고.

—그래서 수출이 막힌 거야?

—완전히 막힌 게 아니고 예년에 비해 현저히 부진하다는 거지. 보복 차원에서 규제를 하니까.

—그런데 사드보복이라는 거 해제되지 않았나?

—말로는 해제되었다는데 잘 모르겠다. 중국 애들을 믿을 수가 있나. 말과 행동이 다르니. 그리고 사드가 철수한 것도 아니고.

—그러니까 말로는 자동차 수출을 막지 않는다고 하고 실제로는 막는 거네?

—응.

—그렇다고 사장이 월급을 안 줘? 그럼 고용노동청에 신고를 하지.

—당연히 회사노조에서 신고를 했지. 그런데 사장도 방법이 없으니까 나중엔 배를 째라며 버티다가 도망을 갔다. 그래서

경찰이 지금 사기혐의로 지명수배를 내렸다만 그 인간이 언제 잡힐 줄 알아. 잡힌들 밀린 돈을 지불해준다는 보장도 없고.

―국가가 체불한 임금을 먼저 지불해주고 나중에 사장한테 구상권을 청구하는 제도도 있다면서?

―과연 우리 딸내미 똑똑하네. 그런데 그거 있으나마나야. 그것도 사장이 능력이 있어야 해당되는 얘기지. 사장이 돈도 없고 의지도 없는데 무슨 수로 구상권을 청구해? 아무튼 딸, 잘 지내. 아빠 걱정 말고.

솔희는 아빠가 걱정이다. 일껏 오랜만에 집으로 돌아와서 얼마나 지났다고 또 가출을 하다니.

―그런데 하필이면 이 추운 겨울에 또 집을 나간다는 거야?

―집을 나가는 사람이 겨울이 무슨 상관이냐?

―갈 데는 있어?

―오라는 데는 없어도 갈 데는 많단다. 너무 걱정 마라.

―아빠, 엄마가 그렇게도 싫어?

―무의미한 질문은 하지 마라.

―아빠가 자꾸 집을 나가니까 그렇지.

―딸, 그만 전화 끊자. 또 연락하마.

아빠가 조금은 기운 없는 목소리로 통화를 끊는다.

솔희는 아빠가 이번에도 엄마의 초등학교 동창생 아저씨 때문에 가출하는 것은 아닌지 의심이 간다. 아빠에게 물어볼걸 그랬다.

병원에서 두 아이의 칫솔과 치약을 산다. 수의사의 말로는 말랭이의 치아 상태가 건강한 편인데 그동안 워낙 치아 관리를 안 해서 입 냄새가 나는 거라고 했다. 장이 안 좋거나 다른 데에 이상이 있어서 나는 입 냄새는 아니니 너무 걱정하지 말라고 했다. 그러면서 아이가 아침에 일어나면 양치질을 해주고, 밥을 먹거나 간식을 먹고 난 후에도 양치질을 해주라고 했다. 그리고 밤에 자기 전에도 양치질을 해주란다.

집에 와서 말랭이에게 처음으로 양치질을 해주는데 칫솔은 마구 씹고 치약은 맛있게 삼킨다. 솔희는 웃음이 나온다. 아이 때문에 오랜만에 웃는다.

핸드폰 벨이 울린다. 티티의 옛 주인이다. 그녀는 갑자기 한숨을 내쉬며 한동안 뜸을 들이더니 시누이 얘기를 꺼낸다. 엊그제, 직업도 없이 집에서 놀기만 하는 스물세 살의 손아래시누이가 친구들과 이틀 동안 일명 성인돼지파티를 하고 왔는데 도무지 사람 꼴이 말이 아니었다고 했다. 친구네 집에서 닭발, 엽기떡볶이, 피자, 치킨, 족발, 탕수육 등등 온갖 배달음식을 주문해서 술과 함께 진탕 먹고 놀며 이틀을 보낸 것인데 가끔 그런 짓을 한다고 했다. 그래서 참다못해 듣기 싫은 소리를 한마디 했더니 아니꼬워 같이 못 살겠다며 따로 방을 얻어나가겠다고 했단다. 그러면서 방을 얻을 보증금을 내놓으라고 했단다. 그래서 티티의 옛 주인이 왜 그 보증금을 자기에게 달라고 하느냐니깐 시어머니한테 쪼르르 달려가더니 시어머니한테 보증금을 내놓으라고 떼를 쓰더라는 것이었다. 그 바람에 시어머니한테 있는 소리 없는 소리 다 듣고, 저녁엔 남편과 부부싸움을 했단다. 손위올케가 그녀보다 열두 살이나 어린 손아래시누이한테 술 좀 적당히 마시며 다니라고 말한 게 그렇게 잘못한 거냐고 솔희에게 묻는다. 솔희는 잘못하지 않았다고 말한다. 그러자 그녀는 시누이가 자신이 아끼는 가방까지 들고 나가서 망가뜨린 얘기도 꺼낸다. 그리고 시누이의 이해 못 할 생활습관이라며 또 몇 가지 얘기도 꺼낸다. 그러다가 통화가 끝날 무렵, 뜬금없이 이따가 저녁때 나이트클럽에 가자고 한다. 아는 오빠가 종합버스터미널 옆에 나이트클럽을 새로 오픈했다면서 함께 가자고 한다. 그러나 솔희는 거절한다. 그런 곳에 갈 기분이 아니다. 춤추고 술 마시고 떠들 형편이 아니다.

인생국수집은 눈발이 날리고 추울수록 장사가 잘된다. 따뜻
한 국물의 오색잔치국수와 오색만둣국이 주로 손님들이 찾는
메뉴다. 맛도 맛이지만 가격도 저렴하기 때문이다. 겨울이 시
작되는 12월부터 겨울이 끝나는 이듬해 2월까지 오색잔치국수
와 오색만둣국은 특별한 가격으로 겨울 손님들을 맞는다. 이
두 메뉴의 가격은 1천 원과 2천 원이다. 겨울이 아닌 계절엔 여
느 메뉴처럼 일반 가격을 받는다. 5천 원과 6천 원. 하지만 추운
겨울 동안엔 가격이 내려간다. 주인여자의 경영방침이다.

길 건너의 아파트단지 건물을 마주하고 있는 창가 쪽 테이블
에 앉은 두 여자 손님의 대화가 흥미롭다. 아마 그 아파트단지
에서 사는 여자들 같은데 가끔 오는 손님들이다. 올 때마다 둘
이서 항상 단짝처럼 붙어서 오는데 솔희가 일부러 그녀들의 대
화를 들으려고 한 것은 아니다. 그녀들의 테이블 뒤쪽의 5번 테
이블을 치우다가 자연스레 듣게 된 것이다. 보통의 여자들처럼
그녀들의 대화도 남의 뒷담화다.

"다은이 엄마는 이혼할 생각이 전혀 없어. 적어도 내가 보기
엔 그래. 그렇잖아? 이혼할 생각이었으면 다은이 아빠랑 그 여

자를 여태껏 내버려뒀겠어? 그 성질에 벌써 다은이 아빠 회사에 쫓아가서 뒤집어엎고 갈라섰지."

"그건 그래. 그런데 다은이 아빠랑 바람피우는 그 여자도 대단해."

"뭐가?"

"보통 세컨드들은 남자가 돈을 주잖아. 그런데 그 여자는 오히려 다은이 아빠한테 돈을 준다며?"

"밤일을 기가 막히게 잘해주나 보지."

"밤일? 그런가?"

그러면서 두 여자가 소리 죽여 키득키득 웃는다.

"두 사람이 같은 회사에 다닌다잖아. 그리고 여자 집에서 같이 생활하고 같이 출근하고 같이 퇴근하면 그럴 수도 있지, 뭐."

"아무튼. 그래서 다은이 엄마도 그 여자한테 가만히 있는 건가? 생각을 해봐. 다은이 아빠는 월급을 타면 단돈 1원도 손을 안 대고 고스란히 다은이 엄마한테 갖다 준다잖아. 그리고 본인은 그 여자한테 용돈을 타서 쓰고."

"그런다네."

"그리고 다은이 아빠가 하루도 거르지 않고 다은이 엄마하고 다은이랑 다송이한테 사랑한다고 말한다잖아."

"전화로만."

"응, 그런데 건성으로 말하는 게 아니라, 얼마나 다정하게 말하는지 모른데."

"그래서 다은이 엄마가 이래저래 자기 남편이 바람피우고 집에 잘 안 들어와도 그냥 모르는 척하고 살고 있는 거 아냐."

"사랑한다는 말은 거짓말이란 걸 알지. 예전에 엿 바꿔 먹었다는 걸 알지. 결국은 돈 때문에 그냥 사는 거지. 다은이랑 다송이는 키워야겠고, 갈라서자니 자신은 없고."

"그러고 보면 다은이 엄마도 참 대단해."

"그럼. 보통은 아니지."

"나 같으면 못 살아. 아무리 돈도 돈이지만 남편이 바람피우고 매일같이 집에도 안 들어오는데 어떻게 그냥 모르는 척하고 살아?"

"그러게."

두 여자는 솔희가 5번 테이블을 다 치울 때까지도 대화를 나눈다. 그리고 잠시 후에 아기까지 포함해서 여덟 명이나 되는 어느 한 가족이 그 테이블에 앉고 솔희가 서빙을 마칠 때까지도 대화를 나눈다. 그러더니 그 가족이 식사를 다 마치고 카운터에서 계산을 할 때 비로소 대화를 끝낸다. 일어선다. 다은이 엄마와 다은이 아빠라는 부부에 대해 완벽한 해부가 끝난 모양이다. 과연 그녀들은 그 부부의 미래에 대해선 어떤 결론을 내렸을까.

솔희가 결혼생활의 미래에 대해 결정적으로 불길한 예감을 느낀 것은 결혼생활이 2년쯤 되었을 때였다. 남편이 결혼 7개월 만에 직장에 사표를 내는 바람에 솔희가 군포의 화공약품회사를 다니며 생활비를 벌던 때였다. 날마다 새벽 다섯 시 삼십 분에 일어나서 남편이 하루 종일 먹을 밥과 찌개와 반찬을 만들어놓고 헐레벌떡 뛰어나가 통근버스를 타는 것이 너무 힘들었던 시기였다. 솔희가 출근하면 남편은 윤주와 카톡문자를 주고받으며 그날의 밀회 일정을 잡던 때였다.

그런 10월의 어느 주말에 남편의 친구들 모임이 있었다. 고등학교 때의 친구들이었는데 부부동반모임이었다. 솔희는 결혼 후 처음으로 참석하는 부부동반모임이어서 외출에 꽤 신경을 썼다. 북적이는 미용실에 가서 점심도 거른 채 머리를 만지고, 화장도 예쁘게 하고, 옷도 신경을 써서 입었다.

모임은 1차로 한우곱창을 먹고 2차로 매운 해물짬뽕을 먹은 뒤 누군가의 제안으로 다 같이 볼링장으로 갔다. 맥주도 가볍게 마시면서 게임을 할 수 있는 곳이었다. 마침 토요일의 밤시간이라 손님이 많아서 조금 대기했다가 부부끼리 팀이 되어 시합을 했다. 모두 두 차례의 시합을 했는데 그때마다 꼴찌를 하는 팀이 맥주 값을 계산하고 게임비를 계산했다. 솔희 부부는 솔희가 계속 낮은 점수를 냈음에도 불구하고 다행히 두 번 모두 꼴찌는 면했다.

그렇게 시간을 보내면서 솔희는 모처럼 즐거운 기분이었다. 남편의 친구들이 생각보다 예의 바르고 친절했다. 결혼식 때 왔던 친구들도 있었고 처음 보는 친구들도 있었다. 그러나 대부분 유머도 넘쳐서 모임 시간 내내 웃음이 떠날 줄을 몰랐다. 친구들의 아내도 솔희와 죽이 잘 맞았다.

그런데 그들과 헤어져서 택시를 타는 순간부터 왠지 남편의 표정이 이상했다. 솔희는 자신이 볼링을 너무 못 쳐서 그런가 하고 생각했다. 그리고 집에 도착해서 안방으로 들어가려는데 남편의 얼굴이 갑자기 돌변했다. 부부동반모임에서 보았던 얼굴이 아니었다. 밝게 웃으며 떠들고 즐겁게 먹고 마시던 온화한 얼굴이 아니었다. 사람의 얼굴이 어떻게 순식간에 저렇게 바뀔 수가 있을까. 남편이 냉소를 띠며 말했다.

아주 다정해 보이더라?

뭐가?

왜 그렇게 꽃단장을 하고 차려입었나 했네.

왜 그래?

나랑 결혼하지 말고 그 친구랑 결혼할걸 그랬어?

도대체 무슨 말이야?

무슨 말? 너는 말투도 창녀 말투야.

그러고는 남편이 안방으로 들어갔다. 솔희는 창녀라는 말에 망치로 머리를 얻어맞은 것처럼 한동안 멍하니 꼼짝 않고 그 자리에서 서 있었다. 그러다가 남편의 한 친구 얼굴이 떠올랐다. 남편과 같은 공대를 나와서 건설회사에 다니는 친구였다. 솔희는 남편의 다른 친구들과 달리 그와는 식당과 볼링장에서 몇 번 대화를 나누었다. 아마도 남편은 그 모습을 보고 오해를 한 듯했다. 그러나 대화 내용은 곱창 얘기와 남편의 예전 직장 얘기 조금, 그리고 프로볼링 얘기가 전부였다. 그것도 그가 옆에서 계속 말을 걸어 예의상 대화를 나눈 것뿐이었다. 그게 전부였다. 그런데 그게 창녀라는 말을 들을 정도였나. 솔희는 너무 황당하고 억울하고 치욕스러웠다.

솔희는 안방으로 들어갔다. 그러자 환하게 웃으며 핸드폰을 들여다보고 있던 남편이 얼른 정색을 하고 핸드폰을 껐다. 누군가와 카톡문자를 주고받던 중이었다(솔희는 직감적으로 남편이 다른 여자와 문자를 주고받는구나 생각했지만, 그 당시엔 윤주라는 사실을 상상조차 못 했다). 솔희는 남편에게 말했다.

혹시 그 롯데건설에 다닌다는 친구 때문에 그러는 거야?

롯데건설에 다니는 것도 아네.

맞았다. 그 사람 때문이었다.

처음에 소개할 때 말해줬잖아? 롯데건설에 다닌다고.

그렇다고 그걸 기억하니? 거기서 소개해준 친구들이 몇 명인데?

그래서 그걸 기억한다고 내가 창녀야?

나가. 피곤해.

나는 당신 친구니까 그냥 예의상 말대답해주면서 좋게 대해준 것뿐이야.

예의상? 너, 걔 마누라 얼굴 봤니? 너를 계속 노려보더라.

남편은 거짓말을 했다. 애먼 그 친구의 아내까지 들먹이며 솔희를 끝내 창녀로 만들었다. 치사하고 졸렬한 인간이었다.

솔희는 더는 남편을 상대하기 싫어서 방을 나왔다. 그리고 울다가 심장이 멎을 것 같아서 죽을 뻔했다.

그렇게 결혼생활의 미래는 더 이상 없었다. 결국 이혼했지만.

주인여자가 솔희를 부른다.

"집에 갈 때 만두 가져가. 그리고 표고버섯 좀 싸줄까?"

퇴근길에 다시 눈이 내린다. 바람은 없고 양도 많지 않아서 우산은 필요 없다. 거리에도 우산을 쓴 이는 거의 없다.

집에 오는 길에 슈퍼에 들렀더니 통장여자가 없다. 그녀의 대학생 딸이 노트북을 켜놓고 공부를 하면서 가게를 보고 있다. 엄마는 성당에 갔다고 한다. 솔희는 통장여자가 있으면 인생국수집에서 가져온 오색만두를 맛보라며 주려고 했다. 대신 그 딸에게 만두봉지를 건네준다. 딸이 잘 먹겠다며 밝게 인사를 한다. 이래 봬도 장학생 딸이다. 통장여자가 아주 기특하고 예쁜 딸이라고 항상 자랑한다. 그녀의 삶의 의미다. 솔희는 대학교를 다닐 때 한 학기도 장학생이었던 적이 없었다. 윤주는 장학생이었다.

솔희는 슈퍼에서 나와 횡단보도를 건넌다. 눈발이 점점 굵어진다.

15

동치미가 제법 무겁다. 솔희는 동네 언덕 위의 성당 근처에서 티티의 옛 주인을 잠깐 만나 동치미 통을 받아들고 언덕을 내려온다. 갑자기 전화를 걸어 김치를 가져가라며 건네준 것이다. 티티의 옛 주인은 솔희의 집까지 동치미를 못 갖다 주어 미안하다고 했다. 원래는 솔희의 집에 직접 갖다 주려고 했는데 꾸물거리다 보니 약속에 늦어서라고 했다. 배드민턴동호회에서 어디를 가기로 했는데 늦었다는 것이었다. 동치미는 그녀의 시어머니가 작년 김장 때 담근 거라고 했다. 시어머니가 성질은 못됐어도 김치는 잘 담근다고 했다.

솔희가 시냇가빌라 마당으로 들어서는데 마당 입구에 웬 트럭이 서 있다. 못 보던 트럭이다. 솔희는 빌라 건물의 출입문을 열고 들어간다. 1층 계단을 오르는데 위층 계단에서 해아저씨가 내려온다.

"안녕하세요?"

"네, 어디 다녀오십니까?"

"누가 동치미를 줘서 갖고 오는 길이에요."

"네, 많이 춥죠? 아이고, 눈이 많이 오네?"

"그러게요."

"참, 트럭 보셨습니까?"

"마당 입구에 서 있는 트럭요?"

"네, 제 트럭입니다. 얼마 전에 바꿨습니다."

시신을 실었던 트럭을 다른 트럭으로 교체했단다. 갑자기 트럭을 왜 바꾸었는지 솔희는 궁금했지만 물어보지 않는다. 아무래도 시신을 처리했던 트럭을 계속 타고 다니기가 신경 쓰이고 부담스러웠던 모양이다.

해아저씨가 솔희에게 인사를 한 후 빌라 건물을 나선다. 트럭을 타고 외출하려는 모양이다. 그런데 그의 손에는 달포 전쯤 몹시 추운 날에 솔희가 대형마트에서 사다 준 가죽장갑을 끼고 있다.

조금은 흐뭇하다. 그러다가 솔희는 갑자기 뒤를 돌아서 해아저씨를 따라간다. 그를 부른다.

"저, 드릴 말씀이 있는데요."

"뭡니까?"

"가족이나 친구들한테서 핸드폰으로 연락이 오는 거, 계속 목포에서 일한다고만 답장문자를 하는데 괜찮을까요?"

솔희는 시신의 핸드폰에 대해 말한다. 해아저씨와 솔희는 서로 핸드폰 소통을 안 하므로 할 말이 있으면 이렇게 직접 얼굴을 보고 말해야 한다. 너무 무섭고 불안할 때를 대비해서 솔희는 핸드폰 소통을 원했지만 해아저씨가 고개를 가로저어서다. 평소처럼 보통의 이웃으로 지내되, 그것만은 절대 안 된다고 했다. 만일을 위해서.

"매번 통화가 안 되는 상태에서 똑같은 답장문자만 보내면 혹시 의심하지 않을까 해서요. 가끔은 답장문자 대신에 이모티콘만 보내기도 하는데요, 그래도 계속 통화가 안 되니까 혹시 의심하고 경찰에 신고라도 하면 어떡하지요?"

"아, 그럴 수도 있지요. 미처 그 생각은 못 했습니다."

해아저씨도 잠시 고민한다. 그러더니 차분하게 말한다.

"목포에서 일을 하다가 본의 아니게 사고를 쳐서 잠수 탔다, 그러니 당분간은 내가 연락하기 전까진 찾지 마라, 혹시 내 핸드폰번호도 추적당할 수 있으니 연락이 안 되더라도 너무 걱정하지 말고, 내가 나중에 연락할게. 이렇게 답장문자를 보내십시오. 가족이나 친구들한테 모두요."

"그러면 되겠네요."

솔희가 알아들었다는 듯 고개를 끄덕인다. 그리고 또 한 가지 묻는다. 시신의 통장에서 매달 빠져나가는 각종 공과금과 통신비 등의 자동이체 문제다. 사망 당시 무직상태여서 달리 수입도 없는데 그러다가 만일 시신의 통장 잔고가 비었을 경우 어떻게 되는 것인지 묻는다. 해아저씨도 역시 미처 예상 못 한 문제라는 듯 고민한다. 그러다가 말한다.

"부담이 되더라도 한 달에 얼마씩, 그러니까 자동이체로 빠져나가는 금액만큼만 입금하십시오."

솔희는 해아저씨의 말에 수긍이 간다. 아무래도 그래야만 할 것 같다. 솔희가 고개를 끄덕인다.

"그런데 괜찮으시겠습니까? 한두 달도 아니고 매달 그러자면 부담이 되실 텐데요."

"아뇨, 괜찮습니다."

솔희는 그 방법밖에는 없다는 걸 안다. 겨우 알바비를 벌어서 매달 시신의 통장에 입금해야 할 돈이 조금은 부담스럽지만 달리 방법이 없다. 다행히 입금방법에는 어려움이 없다. 자동이체 출금메시지에 은행과 계좌번호가 적혀 있고, 그리고 시신의 이름을 알고 있으므로.

용건을 마친 솔희가 한결 가벼운 마음으로 인사를 하고 해아저씨도 인사를 하고 두 사람은 각자 돌아선다. 해아저씨가 트럭으로 다가가더니 머리의 눈을 털고 트럭의 문을 연다.

저녁식사를 마치고 잠깐 잤다가 일어난다. 주방으로 나간다.

인생국수집의 주인여자가 싸준 표고버섯을 깨끗이 손질한다. 많이도 주었다. 그런데 표고버섯요리를 하고 싶어도 집에 별다른 재료가 없다. 그래서 그냥 간장과 청양고추 몇 개로 표고버섯장조림을 만들려고 한다. 양파나 메추리알도 조금 있으면 좋겠지만 사다놓은 게 없다.

솔희는 손질한 표고버섯을 끓는 물에 살짝 데친다. 그리고 버섯줄기를 잘게 찢는다. 물기가 빠지는 동안 냉장고에서 간장과 청양고추를 꺼낸다. 청양고추의 꼭지를 따는데 초인종이 울린다. 말랭이가 요란하게 짖는다. 밤 열 시가 넘은 시간에 누굴까.

솔희는 청양고추를 내려놓고 현관 쪽으로 간다.

"누구세요?"

그러나 문밖에선 아무 대답이 없다. 솔희는 누구냐고 다시 묻는다. 그러나 역시 아무 반응이 없다. 말랭이가 계속 사납게 짖어댄다. 솔희는 왠지 이상한 느낌이 든다. 그러다가 섬뜩한 생각이 든다. 시신 생각이 난다. 그 작은 마을의 어느 폐가에 해 아저씨가 묻은 시신. 그러나 요즘 세상에 귀신이 있을 리가 없다. 문밖에서 초인종을 누른 것은 분명히 사람이다. 솔희는 그렇게 생각하면서도 선뜻 용기가 나지 않는다. 자꾸 무서운 생각이 든다. 결국 열지 않기로 한다. 그리고 돌아서는데 다시 초인종이 울린다.

솔희는 말랭이가 유난스레 으르렁대며 짖는 것도 신경이 쓰인다. 아래층여자가 시끄럽다고 쫓아 올라올까 봐서다. 그래서 마지못해 천천히 현관문을 연다.

반쯤 열었을까. 술 냄새가 확 풍기며 무서운 얼굴이 순식간에 밀고 들어온다. 202호의 공방아줌마다. 아줌마의 얼굴이 그토록 무서운 것은 처음이다. 그녀는 막무가내로 솔희에게 달려들어 두 손으로 솔희의 목을 조른다. 솔희는 졸지에 당하는 일이라 정신이 혼미하면서도 안간힘을 다해 공방아줌마의 손을 떼어놓으려고 한다. 하지만 그녀의 손은 좀체 떨어지지 않는다. 도무지 이유를 모르겠다. 그녀가 왜 솔희를 죽이려고 달려드는지 말이다.

"아줌마⋯⋯!"

솔희의 목에서 겨우 한마디가 새어나온다. 공방아줌마의 두 눈은 독기로 가득하다. 영화에서나 보았던 흡혈귀의 눈과 같다. 입에는 지독한 술 냄새와 함께 거품을 물었다. 솔희는 너무 무섭다. 말랭이가 공방아줌마의 발을 문다. 그러자 그녀가 버럭 소리를 지르며 말랭이를 발로 걸어찬다. 말랭이가 죽을 듯이 비명을 지른다. 공방아줌마는 여전히 두 손으로 솔희의 목을 조른다. 어찌나 힘이 센지 모르겠다. 솔희는 그녀의 손을 떼어내려 안간힘을 쓰지만 오히려 그녀의 힘에 밀려서 신발장과 호되게 부딪힌다. 이어서 신발장 옆의 벽에 걸어둔 전신거울과 부딪힌다. 거울이 요란하게 소리를 내며 깨진다. 솔희가 다시 옆으로 밀리면서 쌀통이 쓰러진다. 쌀통 위의 컵라면들이 주방 바닥에 흩어지고 쌀이 쏟아진다. 그러나 집 안이 점점 엉망이 되어가는 것보다 솔희는 목이 아파서 견딜 수가 없다. 이러다가 죽을지도 모르겠다는 생각이 든다. 비명을 지르지만 소용없다. 목소리가 제대로 나오지 않는다.

"죽어라, 이년!"

공방아줌마가 술 냄새 섞인 악취와 거품을 내뱉으며 울부짖듯 솔희에게 욕을 한다. 그러더니 이번엔 한 손으로 솔희의 머리채를 휘어잡는다. 그리고 좌우로 마구 흔든다. 솔희는 머리카락이 다 빠져나갈 것 같은 통증을 느낀다. 너무 아파서 비명을 지른다. 도저히 안 되겠다 싶어서 이판사판으로 공방아줌마의 얼굴을 머리로 들이받는다. 그러자 공방아줌마가 휘청하더니 두 사람이 함께 쓰러진다. 엎치락뒤치락하며 바닥의 깨진 유리조각들에 사뭇 찔리기도 한다.

그때 누군가가 위에서 솔희의 몸을 붙들고 잡아당긴다. 해아저씨다. 언제 들어왔는지 싸우고 있는 두 여자의 몸을 떼어놓으려고 안간힘을 쓴다. 그리고 뒤이어 또 다른 사람들이 현관으로 들어온다. 마침 귀가하던 301호의 화가노인과 야쿠르트아줌마다. 그들도 이게 웬 난리냐며 솔희와 공방아줌마를 떼어놓으려고 안간힘을 쓴다. 공방아줌마는 그 와중에 구토를 한다. 토사물을 말랭이가 와서 핥고, 그야말로 집 안이 아수라장이다.

공방아줌마가 술에 만취해 솔희를 죽이려고 달려든 이유는 해아저씨 때문이다. 그녀는 해아저씨가 시냇가빌라로 이사를 온 날부터 그를 죽고 못 살 정도로 좋아했단다. 짝사랑. 야쿠르트아줌마의 말이다. 나중에 쫓아 올라온 아래층여자도 똑같은 말을 하고.

날이 밝고 이른 아침부터 누가 초인종을 누른다. 솔희는 또 공방아줌마인 줄 알고 잔뜩 긴장한다. 그러나 해아저씨다. 깨진 거울의 유리조각에 찔린 솔희의 손과 발이 어떠냐고 묻는다. 만일 병원에 가게 되면 트럭으로 태워다주겠다고 한다. 솔희는 괜찮다고 웃으며 말한다. 그러자 해아저씨가 솔희더러 공방아줌마를 경찰에 고소할 거냐고 묻는다. 솔희는 안 하겠다고 말한다. 해아저씨가 미소를 지으며 고개를 끄덕인다.

솔희는 공방아줌마를 경찰에 고소할 생각이 없다. 그 작은 마을 폐가의 시신 때문에 경찰서를 방문하는 것이 두렵기도 하고, 무엇보다 공방아줌마가 해아저씨를 좋아해서 일어난 일이기 때문이다.

그런데 해아저씨가 돌아가지 않고 잠시 머뭇거리더니 불쑥 흰 봉투를 건넨다. 솔희가 의아해하며 엉겹결에 봉투를 받는다. 봉투 속엔 만 원짜리 열 장이 들었다. 10만 원. 솔희가 깜짝 놀란다.

"이게 무슨 돈이에요?"

"얼마 안 되지만 이번 달에 입금하실 때 보태시라고요."

"네? 말도 안 돼요!"

솔희는 얼굴이 다 화끈거린다. 그러니까 솔희가 공과금 등 자동이체에 대비해 시신의 통장에 돈을 입금할 때 함께 보태라는 것이다. 형편이 어려운 솔희의 경제적 부담을 조금이나마 덜어주겠다는 것이다. 솔희는 말도 안 된다며 정색을 하고 극구 거절한다. 해아저씨가 솔희의 반응에 놀라 오히려 어쩔 줄을 몰라 한다.

그래도 정말 이건 아니다. 솔희는 처음으로 해아저씨에게 화까지 내며 거절한다.

해아저씨가 그럼 이번 한 번만이라도 받아달라고 했지만 역시 거절한다.

해아저씨가 다시 봉투를 받아들고 서운한 표정으로 돌아선다.

16

　해아저씨가 이틀 내내 안 보인다. 밤에도 3층의 불은 꺼져 있고.

　그 이틀 동안 해아저씨는 태안에 다녀왔다고 한다.

　솔희가 인생국수집에서 퇴근하고 오던 길에 커피를 마시러 잠깐 슈퍼에 들렀다가 통장여자한테 들었다.

　해아저씨의 아픈 아내가 생일이었단다.

　해아저씨가 아까 점심 무렵에 두부를 사러 왔기에 몇 마디 얘기를 나누다가 들었다는 것이다.

17

밥맛이 없어서 아침밥도 굶은 채 계속 침대에 누워 있는데 핸드폰 벨이 울린다. 엄마다.

—딸, 어디? 직장?

—아니, 집이야.

—아직 출근 안 했니?

—오늘은 좀 늦게 나가. 그리고 나, 먼저 다니던 직장 그만두고 지금은 다른 데 다녀.

—뭐 하는 회산데?

—먼저 다니던 직장이랑 비슷해.

솔희는 인생국수집 얘기는 하지 않는다. 국수와 만두를 파는 식당에 알바를 다닌다고 하면 고생하는 줄 안다. 그리고 얼마

안 되는 알바비를 받아서 생활이나 되겠느냐며 빨리 재혼이나
하라고 성화를 할 것이다.

—그런데 목소리가 어째 그래? 어디 아프니?

—아픈 데 없어. 그런데 왜?

—네 아빠가 또 집을 나갔다.

—또?

솔희는 시치미를 뗀다.

—며칠 됐어. 그런데 너한테 아무 말도 없었니? 전화 같은 거.

—언제 아빠가 나한테 말하고 집을 나갔나? 그런데 왜 또 나
갔대?

—내가 어떻게 알아. 집에 있던 돈도 갖고 나갔더라.

—얼마나?

—40만 원.

—그 돈으로 이 추운 겨울을 난다는 거네?

—모르겠다. 하필이면 이 엄동설한에 나갈 게 뭐니?

엄마가 한숨을 내쉰다. 엄마도 아빠 걱정을 하는구나, 솔희
는 그런 생각이 든다. 엄마의 초등학교 동창생인 현덕이아저
씨보다는 그래도 아빠 생각을 더 하는 것만 같아서 조금은 반
갑다.

—그건 그렇고, 붕어랑 고들빼기김치 좀 보내랴?

—붕어가 또 있어? 현덕이아저씨가 또 잡았구만?

—누가 잡으면 어떠니?

—대단하다. 이 추운 날씨에 꽁꽁 얼어붙은 저수지에서 초등학교 여자동창생을 위해 붕어를 잡다니. 현덕이아저씨가 전생에 엄마하고 무슨 인연이 있었나?

—쓸데없는 소리 말고. 보내, 말아?

—보내. 붕어는 빼고 고들빼기김치만.

그러다가 해아저씨 생각이 나서 얼른 말을 고친다.

—아니, 붕어도 보내. 찜이랑 즙 모두.

—웬일이야?

엄마는 놀라더니 모레나 글피쯤에 그것들을 택배로 보낸다고 하고는 전화를 끊는다.

솔희는 아빠에게 문자메시지를 보낼까 망설인다. 엄마한테서 전화가 왔는데 아빠 걱정을 많이 한다고.

그러나 아빠는 가출한 마당에 가족이 따로 연락하는 걸 원치 않으므로 그만둔다. 아빠는 사랑하는 가족들의 바람 때문에라도 어딘가에서 무사히 이 혹독한 겨울을 잘 이겨낼 것이다.

깨진 거울의 유리조각에 찔린 오른쪽 발바닥이 계속 따끔거린다. 나흘이나 지났는데 아물지를 않는다. 그날 야쿠르트아줌마가 소독약도 발라주며 나름 꼼꼼하게 치료를 해줬는데도 걸을 때마다 조금은 고약하게 따끔거린다. 병원에 갈 정도는 아닌 것 같아서 솔희는 그냥 따끔거리는 발로 미끄러운 길을 걷는다. 인생국수집에서 퇴근하는 길이다. 주인여자가 솔희의 발이 불편한 것을 알고 조퇴를 시켜주었다. 원래 오후 네 시까지 서빙을 해야 하는데 한 시가 되자 그만 들어가라고 했다. 시급은 걱정하지 말고. 주인여자는 참 좋은 사람이다.

얼어붙은 길은 미끄럽지만 다행히 눈은 오지 않는다. 날씨도 덜 춥다. 뉴스에서 기상캐스터 아가씨가 삼한사온을 말하며 오늘은 매서운 추위가 한풀 꺾여서 바람도 안 불고 낮 기온도 예년 수준보다 조금 오른다고 했다. 그런데도 솔희는 내복을 잔뜩 껴입었다.

솔희는 시내 중심가의 은행에 들러서 밀린 나머지 2개월 치의 방세와 이번 달의 방세를 송금한다.

은행을 나온 후 사람들 틈에 섞여 횡단보도를 건넌다. 좌측으로 전철역사가 보이고, 예전에 해아저씨가 강사로 일했던 입시학원 건물도 보인다.

횡단보도를 건너자마자 약국으로 들어간다. 인생국수집의 주인여자가 솔희더러 병원에 가기가 번거로우면 약국에 가서 연고라도 사서 발에 바르라고 해서다.

솔희가 약국에서 연고를 사갖고 나오는데 수십 명의 고등학생들이 입시학원 건물 앞에서 서성이고 있다. 학원의 셔틀버스를 기다리는 모양이다. 그중엔 여고생들도 많이 보인다. 하나같이 모두 맑고 순수하고 예쁘게 생겼다. 인생의 가장 아름다운 시절이다. 청춘, 푸른 봄. 그녀들은 이 추운 날씨에도 여전히 학생답게 대부분 스타킹을 신었다. 멀리서 얼핏 보아서는 신지 않은 것 같은 살색스타킹이다. 요즘 여고생들의 복장은 예전의 솔희 때보다 많이 자유로워진 듯하다. 입시공부에 대한 긴장감이나 스트레스는 여전히 똑같겠지만 학교생활 패턴이나 환경은 확실히 많이 개선되었다.

2000년대 초반, 솔희가 고등학교를 다닐 때는 살색스타킹을 신는다는 것은 상상할 수도 없었다. 이른바 지역사회의 전통 있는 명문 여자고등학교를 다닌다는 이유에서였다. 그래서 교칙이 유달리 까다로웠는데 만일 살색스타킹을 신고서 등교했다가 선생님한테 걸리면 꾸중을 듣는 정도가 아니었다. 머리에 혹이 날 정도로 몽둥이나 출석부로 머리통을 얻어맞기도 하지만, 뺨을 호되게 얻어맞는 일도 다반사였다. 지금 같으면 여고생의 얼굴을 때린 교사는 교단은 물론이고 사회에서도 살아남을 수가 없지만 그 시절엔 선생님들이 아무렇지도 않게 여고생들의 얼굴을 때렸다. 그래서 솔희는 쌀쌀한 가을쯤부터 학교에서 스타킹을 신으라고 하면 언제나 칙칙한 검정스타킹만 신고 다녔다. 그리고 교복치마를 왜 그렇게 무릎 위까지 올려 입고 싶었는지 몰랐다. 그렇다고 함부로 교복치마를 수선해서 짧은 치마로 만들면 안 되므로 허리 쪽에서 한두 번 접어서 입고는 했다. 물론 요령껏 선생님들 앞에선 평소처럼 입고 말이다. 그것도 걸리면 아예 허벅지까지 내놓고 다니라고 야단을 치며 때리는 선생님들도 있었다. 또 그 시절엔 왜 그렇게 학교매점의 빵들이 먹고 싶었는지 몰랐다. 집에서 엄마가 먹으라고 해주는 밥은 시간이 없다고 안 먹으면서 학교에선 1교시가 끝나기가 무섭게 매점으로 달려갔다. 필수과목이었다. 그러고는 치즈버거, 돈가스버거, 소시지빵 등을 사서 마구 입에 넣었다. 얼마나 황홀하고 맛있는지 몰랐다. 만일 2교시가 끝난 뒤에 매점에 가면 그렇게 맛있고 인기 있는 빵들은 이미 다 팔려서 구경할 수가 없었다. 교복도 지금의 아이들이 입는 세련되고 예쁜 교복과는 달리 꼭 바퀴벌레같이 빈티가 줄줄 흐르는 교복이었다.

아침에 교문을 향해 걸어가는 학생들을 보면 꼭 바퀴벌레들이 떼를 지어 몰려가는 것만 같았다. 그렇다고 교문에서 선도부원들이 순순히 교문을 통과시켜주지도 않았다. 어떡하든 꼬투리를 잡아내려고 혈안이 되어서 학생들의 용모와 복장 상태를 살폈다. 솔희도 1학년 때 억울하게 걸린 적이 있었다. 머리에 염색을 했다는 것이었다. 날벼락 같은 소리였다. 솔희는 안 했다고 정직하게 말했지만 그 선도부원은 도무지 믿어주지 않았다. 옅은 갈색으로 염색하지 않았느냐고 그 많은 사람들 앞에서 계속 면박을 주었다. 솔희의 머리가 완전한 흑발이 아닌 것도 죄였다. 솔희는 그렇게 억울하게 트집 잡혀 걸렸지만 실제 염색을 했다가 걸린 학생들도 많았다. 주로 옅은 갈색으로 염색하는 학생들이 많았는데 고학년들은 걸리면 자연산이라고 대놓고 우겼다. 특히 블루블랙머리. 이 염색머리는 언뜻 보면 그냥 검정머리지만, 등굣길의 아침 햇살에 비추면 머리에 파란색 기운이 나타나서 눈이 예리한 선도부원에게 걸리기도 했다. 또 머리에 파마를 하고는 들키지 않으려고 일부러 똥머리를 하기도 했다. 심지어는 원래 태어날 때부터 심한 곱슬머리라고 박박 우기며 파마머리를 숨기는 학생들도 있었다. 쉬는 시간에 복도에서 가끔 걸리는 것은 눈화장이었다. 특히 쌍꺼풀이 없는 학생들이 눈을 커 보이게 하기 위해 아이라인을 그렸다가 걸리는 것이었다. 평상시 눈을 뜨고 있으면 아이라인이 드러나지 않는데 눈을 약간이라도 내리깔면 아이라인이 드러나는 것이었다. 눈화장은 주로 여선생님들한테 잘 걸렸다. 같은 여자라고 해서 봐주는 것은 없었다. 교무실 호출까지 이어져서 총각 선생님들은 물론 모든 선생님들 앞에서 망신을 당하게 만들기도 했다.

그래도 돌이켜보면 마냥 그립고 행복했던 시절이었다.

그런 여고시절에 솔희는 해아저씨를 본 적이 있었다. 3학년 때 어느 봄날 저녁이었다. 담임선생님과 입시상담을 마치고 친구와 시내의 서점으로 가던 길이었다. 참고서와 문제집을 알아보기 위해서였다. 친구의 언니가 운영하는 독일안경점에 잠깐 들렀다가 레스토랑 앞길을 걸어갈 때였다. 길가로 택시 한 대가 와서 멈추더니 승객이 내렸다. 키가 작은 남자려니 했다. 그런데 솔희는 한눈에 알아보았다. 해 때문이었다. 해아저씨였다. 초등학교 2학년 여름방학 때 시골 고향에서 만났던 그 키 작은 대학생 남자. 틀림없는 해아저씨였다. 세월이 흘렀어도 솔희가 첫눈에 아저씨를 알아볼 수 있었던 것은 그의 등에 짊어진 해 때문이었다. 그리고 여전한 쌍꺼풀눈. 그가 인도로 올라서면서 솔희와 잠깐 눈이 마주쳤다. 그러나 그뿐이었다. 그는 서류가방을 어깨에 메고 솔희가 가는 길의 반대방향으로 황급히 걸어갔다. 역전 쪽으로 가는 길이었다. 지금 생각해보면 그 근처의 입시학원으로 강의를 하러 가는 길이었던 것 같다.

그 당시 해아저씨는 솔희를 알아보았을까. 그가 대학교 1학년 때 시민사회단체 사람들과 함께 솔희의 고향인 아산시 송악면 강장리에 와서 골프장 설립 반대운동을 할 때 만났던 아홉살의 어린 여자초등학생을 말이다. 자신의 작은 키와 짧은 목과 등에 짊어진 해를 비웃고 손가락질을 하며 놀리던 못된 꼬마 여자아이를 말이다.

솔희는 지금도 가끔 그게 궁금하다. 그러나 알 길은 없다. 솔희가 이혼한 뒤 재작년 늦가을에 시냇가빌라로 이사를 온 후로도 말이다. 전혀 생각지도 못하게 302호에 살고 있던 해아저씨를 다시 만난 후로도 아직까지 그에게 물어본 적이 없다.

따끔거리는 발로 겨우 걸어서 시내버스정류소 앞을 지나는데 뒤에서 누가 부른다. 돌아보니 동네 언덕길 너머 성당의 수녀님들이다. 수녀님 둘이 손수레의 비닐천막 안에서 얼굴을 내밀고 솔희를 부른다. 솔희가 반가워서 인사를 하고 손수레의 비닐천막 안으로 들어간다. 호떡과 김이 모락모락 나는 뜨거운 어묵들이 보인다.

수녀님들이 무슨 어린아이들도 아니고 길거리에서 호떡을 사먹고 있다니.

솔희는 절로 웃음이 나왔지만 나이 든 수녀님이 건네주는 호떡을 받아먹는다.

따뜻하고 맛있다. 오랜만에 먹으니 어묵도 맛있다.

수녀님들과 함께 동네까지 온다. 오는 도중에 솔희의 발이 불편한 걸 알고 수녀님들이 많이 신경을 써준다. 그늘진 곳의 빙판길에선 부축도 해준다.

수녀님들과 시냇가빌라 입구에서 헤어진다. 수녀님들은 미끄러운 언덕길을 조심스레 오르고 솔희는 빌라 건물 안으로 들어선다.

솔희가 201호의 현관문을 여는데 202호의 현관문이 열린다. 공방아줌마가 나온다. 그러나 솔희는 모른 척 뒤를 돌아보지 않고 그냥 집 안으로 들어온다.

수녀님들이 사준 호떡을 봉지에서 한 개 꺼내 티티와 말랭이에게 나누어준다. 아이들이 아주 잘 먹는다.

상처 난 오른쪽 발바닥을 물로 살살 씻은 후 약국에서 사온 연고를 바른다.

그때 초인종이 울린다. 마구 초인종을 누른다. 보나마나 아래층여자다. 솔희는 다소 긴장하며 현관으로 나가 문을 연다. 역시 아래층여자다.

"개를 어떻게 할 거야?"

아래층여자가 다짜고짜 소리를 지른다. 말랭이가 그녀를 보고 사뭇 짖어댄다.

"오늘 낮에 손님들이 왔는데 어찌나 개가 짖어대야지! 도대체 몇 번을 말해? 하루 이틀도 아니고 시끄러워서 사람이 어떻게 사느냐고!"

솔희가 알바 때문에 집을 비운 사이 오늘따라 말랭이가 유난히 짖어댄 모양이다.

"죄송해요."

"죄송이고 뭐고, 어떡할 거야?"

"제가 집에 있을 때는 조용한데 잠깐 집을 비운 사이에……."

"그럼 외출할 때 개를 데리고 나가!"

그럴 수는 없다. 인생국수집에 어떻게 아이를 데리고 출근하나. 솔희는 정말 난감하다. 이젠 정말 무슨 특단의 대책을 세워야만 할 것 같다. 내일은 인생국수집의 정기휴일이어서 출근하지 않으므로 어떡하든 아이의 문제를 해결해야겠다고 생각한다. 아래층여자의 항의도 이젠 갈수록 스트레스가 되어 쌓이고 여자가 무섭기까지 하다.

"앞으로 다시는 시끄럽게 안 할게요."

그러나 굽실대는 솔희와 달리 말랭이는 기세가 등등해서 사방으로 날뛰며 짖어대고 아래층여자의 발까지 물려고 한다. 아래층여자가 기겁을 하며 마지막 경고를 한다.

"또 한 번만 시끄럽게 하면 내가 개모가지를 비틀어서 쓰레기장에 갖다버릴 테니까, 그런 줄 알아!"

그러고는 휭 하니 돌아서서 계단을 내려가는데 마침 해아저씨가 계단을 올라온다. 그런데 기운이 하나도 없어 보인다. 아래층여자는 해아저씨에게 가볍게 인사를 하고 아래층으로 내려가고 해아저씨도 엉겁결에 인사를 하고 올라온다. 솔희를 보자 고개를 숙여 인사를 한다. 그러나 평소와는 달리 인사말이 없다. 그리고 역시 평소와 달리 솔희의 눈을 마주치지 못한다. 얼굴빛도 안 좋다. 추위 탓인지 아니면 몸이 아픈 것인지.

솔희는 그의 예상 밖의 모습에 말도 못 붙인다. 그가 고개를 숙인 채 힘없이 그녀 앞을 지나가는 걸 가만히 바라볼 뿐이다.

그의 등에 짊어진 해가 더없이 무거워 보인다.

해아저씨의 저런 모습은 이혼한 남편이 솔희를 찾아왔을 때도 그랬다. 해아저씨와 전남편의 세 번째 만남이었다.

전남편은 지난해 12월의 크리스마스 무렵에 장미꽃다발을 들고 솔희를 찾아왔다. 또다시 일방적으로 재결합을 요구했다. 자신이 결혼생활 중에 저지른 잘못을 용서해달라고 했다. 그러면서 보상할 기회를 달라고 했다. 그리고 막무가내로 사랑한다며 장미꽃다발을 내밀었다. 솔희가 거절했지만 소용없었다. 그럴수록 그는 더 악을 써가며 솔희에게 재결합을 요구했다. 어찌나 악을 써대던지 위층의 화가노인과 202호의 공방아줌마까지 내다보며 눈살을 찌푸렸다. 솔희는 너무 창피했다. 그러다가 성당에서 담장보수공사 일을 마치고 귀가하던 해아저씨와 마주쳤다. 해아저씨는 전남편이 솔희에게 위해를 가하는 줄 알고 놀라서 왜 그러느냐며 끼어들었다. 당연히 전남편이 발끈했고 조롱 섞인 눈길로 노려보았다. 그러면서 해아저씨의 등에 짊어진 해를 손바닥으로 툭툭 치면서 말했다.

꼴값 떨지 말고 가던 길이나 가세요.

그 말을 듣는 순간 해아저씨의 눈동자가 흔들리고 아랫입술이 파르르 떨렸다. 얼굴빛이 하얗게 변했다. 온몸의 기운이 다

빠져나간 모습이었다. 해아저씨는 고개를 숙인 채 아무 말 없이 계단을 올라갔다. 솔희는 해아저씨의 안쓰러운 모습에 너무 마음이 아팠다. 그리고 전남편에게 더없이 화가 났다. 즉시 핸드폰을 꺼내 112에 신고를 했다. 경찰이 온 뒤에야 전남편은 돌아갔다. 그리고 며칠 뒤인 연말에 전남편은 술 냄새를 풍기며 마지막으로 찾아왔다.

엄마한테서 전화가 온다. 내일 택배를 부치겠다고 한다. 붕어찜과 붕어즙, 고들빼기김치와 고구마, 홍시를 보낸다고 한다. 고구마는 제발 썩히지 말고 부지런히 쪄서 먹으라고 당부한다. 솔희는 알았다고 말한다. 그리고 말랭이 얘기를 꺼낸다. 그러나 엄마는 거절한다. 그냥 똘이나 키우겠다고 한다.

솔희가 빌라 건물 마당의 눈을 쓸려고 빗자루를 들고 집 밖으로 나온다. 눈을 쓸어서 은행나무 쪽으로 모아 가는데 야쿠르트아줌마가 마당 입구에 들어선다. 손에 검은 비닐봉지를 들었다. 슈퍼에 다녀오는 모양이다. 그런데 그녀가 건물 안으로 들어가지 않고 솔희에게 다가오더니 작은 목소리로 말한다.
"302호 아저씨, 아까부터 울어."

"왜요?"

"몰라. 왜 우는지."

솔희는 깜짝 놀라며 어리둥절해한다. 해아저씨가 왜 울까.

그러고 보니 아까 오후에 아래층여자 때문에 현관 앞에서 만났을 때도 이상했다. 평소와는 달리 솔희와 눈도 마주치지 않았다.

18

해아저씨가 하루 종일 울고 있다.

슈퍼의 통장여자 말로는 오전 열 시 사십 분쯤 해아저씨가 소주 두 병과 새우깡과 포도통조림을 사갔단다.

술도 못 마시는 사람이 말이다.

솔희는 하루 종일 생각한다.

그가 왜 그리 슬피 울까.

아마 두 가지의 이유 때문일 것이다.

태안의 아픈 부인이 죽었거나, 사람을 죽이고 아무도 몰래 호수시민공원 동쪽 작은 마을의 어느 폐가에 시신을 묻었기 때문이거나.

만일 그 두 가지의 이유가 아니라면 동네에 무섭게 떠도는 솔희와의 불륜 소문을 들었거나⋯⋯ 어쩌면 그에게는 억울한 소문일 수도 있는.

그것도 아니라면 평생 등에 짊어지고 사는 해가 이제는 너무 무겁기 때문이거나. 무거워서 자꾸만 주저앉고 굴복하는 자신이 서글퍼서이거나.

어떤 이유이든 해아저씨의 눈물을 닦아주고 싶다.
그의 눈물은 옳고 정당하기 때문이다.

저녁 무렵, 잿빛 하늘에서 또 희끗희끗 눈발이 날린다.
꺼이꺼이 목 놓아 우는 해아저씨의 눈물 속에 하염없이 눈이 내린다.

19

솔희는 해아저씨의 무거운 짐을 덜어주고 싶다.

그러나 어떻게 해야 그의 짐을 덜어줄 수 있을지 잘 모르 겠다.

솔희는 깊은 시름에 잠긴다.

시신의 핸드폰에서 짧게 신호음이 울린다. 카톡문자가 왔다. 윤주다. 정말로 자신을 더 이상 사랑하지 않느냐고 마지막으로 묻겠단다. 솔희는 답장문자를 어떻게 보낼까 곰곰이 생각한다. 그러다가 답장문자를 보낸다. 나의 천사, 하늘만큼 땅만큼 사 랑해. 영원히.

애당초 전남편은 윤주의 것이었다. 솔희에게 아이가 없는 것도 두 사람의 그 운명 때문이라고 생각한다. 그러므로 전남편이, 아니 최홍규가 다시는 변치 말고 김윤주를 영원히 사랑하길 바란다.

전남편이 솔희를 마지막으로 찾아온 것은 지난해 12월의 끝 무렵이었다. 크리스마스 때 장미꽃다발을 들고 찾아온 뒤 며칠이 지나서였다. 솔희가 신고를 해서 부른 경찰관들에게 단단히 주의를 받고 돌아간 후 다시 찾아온 것이었다. 그날과는 달리 술에 몹시 취해서 찾아왔다. 솔희는 그의 술 냄새부터가 너무 역겨웠다. 그래서 솔희는 무조건 돌아가라고 했다. 그러나 그는 맨정신이 아니어서인지 솔희의 말을 도통 우습게 알았다. 추잡한 눈웃음을 지으며 손가락으로 솔희의 얼굴을 톡톡 치기도 했다. 그러고는 크리스마스 때처럼 또 경찰을 불러보라며 비아냥댔다. 솔희가 더 이상 상대하기 싫어서 현관문을 닫으려고 하자 소리를 지르며 문을 못 닫게 했다. 마침 위층에서 화가 노인이 아줌마 제자들의 그림 지도를 위해 외출하려고 계단을 내려왔다. 이 광경을 목격했다. 그러나 술에 취해 행패를 부리는 전남편의 모습에 겁을 먹었는지 모르는 체하고 그냥 2층을 지나 1층으로 내려갔다. 전남편은 어느 틈에 현관 안으로 들어왔다. 그러더니 갑자기 울기 시작했다. 솔희 앞에 무릎을 꿇고는 어린아이처럼 울었다. 용서해달라며 빌었다. 다시 합치자고 애원했다. 이제부터는 어떤 회사든 그만두지 않고 정년퇴직 때까지 다니겠다는 말도 했다. 그러고는 다시 어린아이처럼 엉엉 울었다. 그러나 솔희는 그의 말과 행동이 모두 위선적이고 가증스럽게만 보였다.

싫어.

한마디로 차갑게 거절했다.

그게 화근이었다. 전남편이 울음을 멈추더니 벌떡 일어났다. 그리고 완전히 돌변했다. 무서운 얼굴이었다. 이혼 전에 솔희가 몇 차례 보았던 가장 무서운 얼굴, 바로 그 얼굴이었다. 솔희의 머리채를 휘어잡고 주먹으로 얼굴과 배를 때리고 사뭇 발길질을 해대던 얼굴이었다. 솔희는 소름이 끼쳤다. 그의 얼굴을 쳐다볼 수가 없었다. 그를 피하고 싶었다. 아무래도 도망을 쳐야만 살 것 같았다. 집 밖으로 나가려고 그에게서 몸을 돌렸다. 그런데 핸드폰 생각이 났다. 핸드폰만은 몸에 지니고 있어야 할 것 같았다. 무슨 일이 생기면 어디든 연락을 해야만 했다. 솔희는 다시 몸을 돌려서 얼른 안방으로 뛰어 들어갔다. 책상 위의 핸드폰을 집어 들었다. 얼핏 벽에 걸려 있는 패딩점퍼도 눈에 들어왔지만 그것까지 챙길 여유는 없었다. 곧바로 안방에서 나왔다. 그런데 전남편이 구둣발로 티티의 목을 밟고 있었다. 티티가 숨이 막혀서 비명도 제대로 못 지르고 다리와 꼬리를 부르르 떨며 발버둥을 치고 있었다. 순간 솔희는 머릿속이 하얘져서 무작정 전남편에게 달려들었다.

너무 화가 나서 욕까지 하며 전남편을 밀쳤다. 그러자 그의 손이 솔희의 뺨을 후려쳤다.

미친 새끼! 이혼한 뒤 처음으로 맞는 뺨이었다. 뺨을 맞기 싫어서 이혼했는데 또 맞은 것이었다. 솔희는 눈물이 왈칵 쏟아졌다. 손에 쥐고 있던 핸드폰으로 그의 가슴을 때렸다. 그가 어이가 없다는 표정을 지었다.

나는 이렇게까지는 안 하려고 했는데 네가 죽고 싶어서 환장을 했구나. 알았어. 죽여줄게.

그러면서 그가 주방 쪽으로 몸을 돌렸다. 그리고 싱크대 벽에 걸려 있던 과일칼을 손에 쥐었다. 솔희는 덜컥 겁이 났다. 전남편은 이미 이성을 상실했다. 원래 그런 악마 같은 인간말종이었지만 술까지 취해서 정말로 무슨 짓을 할지 몰랐다. 아무래도 솔희를 찌를 것만 같았다.

아니나 다를까. 전남편이 싸늘한 미소를 지으며 칼자루를 힘주어 움켜잡았다. 솔희에게 가까이 다가왔다. 그의 술 냄새가 솔희의 코끝에 진하게 느껴질 때 솔희는 마지막 발악처럼 핸드폰을 냅다 그의 얼굴에 던졌다. 술에 취해 다소 행동이 굼뜬 그가 미처 피하지 못하고 핸드폰을 왼쪽 눈에 맞았다. 그와 동시에 솔희는 그를 피해 현관 쪽으로 달아났다. 다행히 현관문은 조금 열려 있었다. 그러나 문밖으로 나가지 못하고 그에게 머리채를 잡혔다. 솔희가 머리채를 잡은 그의 손을 떼어내려고 하자, 그가 거친 숨을 내쉬며 솔희의 목에 칼을 댔다. 순간 정말 칼에 목이 찔려서 죽을지도 모른다는 공포감이 밀려왔다. 빨리 그에게서 벗어나야겠다는 생각이 들었다. 힘껏 몸을 비틀고 등으로 그의 몸을 밀쳤다. 그러다가 오른팔에서 통증을 느꼈다. 칼에 찔린 것이었다. 아프다기보다는 너무 당황스럽고 겁이 났다. 그 와중에도 팔에서 흘러나온 피가 바닥에 떨어지는 것이 보였다. 비로소 눈물이 났다. 솔희는 울면서 제발 이러지 말라고 고래고래 소리를 질렀다. 그러다가 악에 받쳐서 손으로 그의 얼굴을 때렸다. 팔에서 흐르는 피를 막다가 피가 묻은 손으로 그의 얼굴을 몇 번 때리고 그의 머리카락을 움켜쥐었다. 한번 흔들었을까. 그가 무릎으로 힘껏 솔희의 아랫배를 쳤다. 솔희가 힘없이 고꾸라지자 이번엔 발길질로 솔희의 허리를 걸어

찼다. 갑자기 숨이 턱 막혔다. 솔희는 숨을 쉴 수가 없었다. 숨이 끊어질 것만 같았다. 그러나 그는 아랑곳하지 않고 솔희의 머리채를 잡은 채 질질 끌기 시작했다. 솔희를 끌고 안방으로 들어가려고 했다. 솔희는 기를 쓰고 저항했지만 머리채를 잡혀서 도저히 방법이 없었다. 그리고 그의 힘이 너무 셌다. 그냥 이렇게 악마의 손에 죽는가 보다 생각했다. 엄마 얼굴이 스쳐 갔다. 눈물이 왈칵 쏟아졌다. 그 순간 솔희는 악마가 그녀를 굳이 안방으로 끌고 들어가는 이유를 알아차렸다. 강제로 성욕을 채우기 위해서였다. 그러나 그가 강제로 옷을 벗긴다고 해도 어쩔 수가 없었다. 저항할 힘이 없었다. 꼼짝없이 당하는 수밖에 없었다. 그런 후 악마는 마지막으로 솔희를 살해할 것이었다. 이미 둘 사이의 재결합은 물 건너갔고, 솔희에게 칼을 휘두르며 마구 폭행한 뒤 강간까지 한 마당에 그녀를 살려둘 아무런 이유가 없었다. 만일 살려두면 가만히 있을 솔희가 아니었고, 그는 몹쓸 죄를 저지른 범법자가 될 것이기 때문이었다. 앞으로 더 이상은 정상적인 사회생활을 할 수 없는 인간으로 낙인찍힐 것이기 때문이었다. 그럴 바에야 차라리 솔희를 살해할 것이었다. 그는 그런 악마였다. 다시 엄마 얼굴이 스쳐가고 눈물이 흘렀다.

그때 갑자기 연이은 픽 하는 소리와 함께 전남편이 쓰러졌다. 그와 동시에 바닥에 믹서기가 떨어졌다. 얼마나 세게 내리쳤는지 믹서기가 박살났다.

전남편을 쓰러뜨린 사람은 해아저씨였다. 주방의 가스레인지 옆에 있던 믹서기로 전남편의 머리를 몇 차례 내리친 것이었다. 전남편이 약간 허리를 굽히고 솔희의 머리채를 잡아서 거의 안방으로 끌고 들어갔을 때 뒤에서 머리를 내리친 것이었다. 해아저씨는 인력사무소에서 소개해준 일을 마치고 귀가하던 길이었다. 그런데 현관문이 열린 채 솔희의 절망스러운 비명이 들려오자 집 안으로 들어온 것이었다. 전남편의 머리에선 피가 쉼 없이 흘러내렸다.

전남편은 피범벅의 처참한 몰골로 바닥에 엎어진 채 가늘게 숨을 쉬고 있었다. 입술을 미세하게 움직이며 아주 작은 숨소리를 냈다. 아무래도 무슨 말인가를 하는 듯했다. 그러나 솔희는 차마 무섭고 끔찍해서 가까이 다가갈 엄두가 나질 않았다. 해아저씨가 가까이 다가가서 몸을 숙이고 그의 입술에 귀를 기울였다.

이름을 부르는 것 같습니다.

해아저씨가 말했다. 그러더니 솔희더러 들어보라고 했다. 해아저씨가 현관문을 닫는 사이 솔희는 바닥에 쪼그린 뒤 전남편의 입술에 귀를 댔다. 그는 솔희를 부르고 있었다. 순간 솔희는 심장이 멎는 듯했다. 그러나 그뿐이었다. 전남편은 더 이상 입술을 움직이지 않았다. 소리를 내지 않았다. 숨이 멈추었다. 전남편이 죽은 것이었다.

해아저씨가 칼에 찔린 솔희의 팔을 치료해주었다. 다행히 크게 다치지는 않았다고 했다. 피도 더 이상 나지 않았다. 그러나 집에 소독약이 없었다. 술도 거의 마시지 않으니 소독약을 대신할 소주도 없다고 하자, 해아저씨가 재빨리 자신의 집에 가서 소독약과 연고와 붕대를 가져와 치료를 해주었다. 그래도 혹시 신경 손상이 있을지 모르니 날이 밝는 대로 병원에 가보라고 말했다. 솔희는 고개를 끄덕이며 주방 개수대에서 팔과 손에 묻은 피를 씻었다.

해아저씨는 전남편의 시신을 옮기기 시작했다. 그러나 힘이 달려서 땀을 뻘뻘 흘리며 곤욕을 치렀다. 간신히 질질 끌어서 화장실 안으로 옮겼다. 솔희가 도우려고 했지만 그가 고개를 가로저었다. 피가 묻는다고 했다. 거실 바닥은 끔찍했다. 전남편의 머리에서 흐른 피 때문이었다. 솔희는 행여 티티가 피를 핥지 않도록 건넌방에 가두었다. 해아저씨는 자신의 손과 얼굴과 옷에 피를 묻히며 거실 바닥의 피를 닦아냈다. 솔희더러 주방세제를 달라고 하더니 화장실을 수없이 드나들며 걸레질을 했다. 거실 바닥의 핏자국들은 주방세제의 거품 속에 모두 깨끗하게 닦아졌다. 그런 후 해아저씨는 벽에 튄 핏방울들은 주방세제로 잘 닦아지지 않고 얼룩이 생겼으니 나중에 새로 도배를 하든지 다른 종이를 바르라고 솔희에게 말했다.

문제는 전남편의 시신이었다. 어떻게 처리할까. 솔희는 경찰에 신고를 할 수가 없었다. 그녀 때문에 해아저씨가 사람을 죽여서다. 해아저씨가 스스로 경찰에 신고하지 않는 한 솔희는 살인사건 신고를 할 수가 없었다. 그런데 해아저씨는 무슨 생각에서인지 경찰에 신고하지 않았다. 막상 사람을 죽여놓고 보니 너무 겁이 나서일까. 아무튼 솔희는 덩달아서 경찰에 신고하자는 말을 꺼내지 못했다.

해아저씨는 거실 바닥을 닦은 후, 자신의 손과 얼굴과 옷에 묻은 피를 씻었다. 그러나 옷에 묻은 피가 제대로 닦여지지 않자 그냥 손으로 탁탁 털더니 솔희더러 잠깐 나갔다 오겠다며 현관문을 나섰다. 해아저씨가 나가자 솔희는 피가 묻은 옷을 벗고 깨끗한 옷으로 갈아입었다. 그리고 흐트러진 현관과 거실을 정리했다. 해아저씨는 10여 분 후에 돌아왔다. 어깨와 손에는 마대자루와 커다란 비닐봉투, 분홍색 비닐끈, 전기톱과 공구상자가 들려 있었다. 그것들과 함께 해아저씨가 혼자서 화장실로 들어가며 말했다.

시끄러운 소리가 날지도 모르겠습니다. 최대한 소리가 나지 않도록 하겠지만, 혹시 아래층에서라도 쫓아 올라와서 시끄럽다고 하면 무조건 미안하다고 말씀하십시오. 어제부터 화장실 변기가 막혀서 오물이 사방으로 흘러넘치는 바람에 다급하게 사람을 불러서 뚫는 중이라고 말씀하십시오. 그리고 변기도 너무 오래되어서 교체까지 한다고 말씀하십시오.

네.

소음의 이유가 그럴듯했다. 아마 해아저씨가 보수공사 일을 많이 다니다 보니 금방 그런 이유도 생각난 듯했다. 해아저씨가 화장실에 들어간 후 소음이 들리기 시작했다. 생각보다 큰 소음은 아니었다. 해아저씨가 무척 신경을 쓰는 게 느껴졌다. 그래도 솔희는 101호의 아래층여자를 계속 의식했다. 가끔 소음이 클 때면 가슴이 조마조마하기도 했다. 그렇게 20여 분쯤 시간이 흘렀을까. 역시 해아저씨의 예상대로 아래층여자가 쫓아 올라왔다.

당신 미쳤어?

죄송해요.

밤에는 좀 조용해야 되는 거 아냐? 아까도 시끄럽더니 도대체 왜 그렇게 시끄럽냐고? 사람이 살 수가 있어야지.

죄송해요. 다급하게 공사를 좀 하느라고요.

공사라니? 도대체 무슨 공사를 이 밤중에 해?

어제부터 변기가 막혀서 오물이 막 흘러넘쳐서요. 도무지 볼일을 볼 수가 있어야지요. 냄새도 심하고 더럽고.

그러니까 지금 화장실에 똥물이 흘러넘친다는 거야?

네, 그래서 사람을 불러서 지금 뚫고 있거든요. 변기도 하도 오래돼서 새것으로 바꿔야 하고요.

참말, 더러워 못 살겠네. 아니, 평소에 변기 관리를 어떻게 했길래 그래? 청소도 통 안 하나 봐?

하기는 하는데요, 아무튼 죄송합니다.

아니, 오죽 살림이 칠칠치 못하면 화장실에서 똥물이 다 흘러넘쳐?

그녀는 오만 가지 인상을 찌푸리며 면박을 주었다. 그러더니 더는 잔소리를 하지 않고 내려갔다. 그녀가 생각보다 일찍 내려간 이유는 솔희가 빨리 변기를 고쳐서 자기 집의 천장에서 똥물이 떨어지지 않도록 하라는 뜻이었다. 그녀는 솔희가 이사를 온 후 걸핏하면 101호의 건넌방과 화장실 천장에서 물방울이 떨어진다고 트집을 잡으며 쫓아 올라왔었다.

해아저씨는 두 시간가량 후에 화장실에서 나왔다. 솔희더러 마실 물을 달라고 했다. 솔희가 냉장고에서 생수병을 꺼내 컵에 따르려고 하자 그냥 병째 달라고 하더니 벌컥벌컥 마셨다. 2리터의 물을 다 마셨다. 그런 뒤 솔희더러 밖에 나가서 혹시 누가 있는지 살펴보고 오라고 했다. 솔희는 집 밖으로 나갔다. 어느덧 밤 열두 시가 다 되어가는 시간이었다. 항상 언덕길 왼쪽의 작은 석유판매소 마당에 주차시켜놓던 해아저씨의 트럭은 빌라 건물 입구에 서 있었다. 아까 해아저씨가 마대자루 등을 가지러 나갔을 때 옮겨놓은 듯했다. 솔희는 주위를 돌아보았다. 이 춥고 늦은 밤에 누가 있을까 했는데, 길가의 가로등 옆으로 고등학생쯤 되어 보이는 남자아이 서너 명이 담배를 피우며 지나가고 있었다. 한 아이가 힐끗 솔희를 쳐다보았지만 솔희가 얼른 고개를 돌렸다. 그러자 아이는 별다른 시비 없이 다시 담배를 피우며 지나갔다. 길 건너 맞은편의 슈퍼는 문이 닫혀 있었다. 통장여자는 원래 겨울밤엔 평소보다 30분쯤 일찍 문을 닫았다. 솔희가 눈 쌓인 주위를 다시 한 번 둘러보고 빌라 건물 출입문 쪽으로 향하는데 빌라 마당으로 택시 한 대가 들어와 멈추었다. 301호의 화가노인이 비틀대며 내렸다. 아줌마 제자들과 또 술을 마신 모양이었다. 솔희는 노인에게 인사를 건넸다. 그러나 그는 밤인 데다가 술에 많이 취해서 처음엔 솔희를 알아보지 못했다. 솔희가 201호에 산다며 거듭 인사하자 그제야 알아보고 웃으면서 건물 안으로 들어갔다. 택시가 방향을 돌려서 떠나간 뒤 솔희는 잠시 서 있었다. 그러다가 201호로 돌아왔다. 집 안으로 들어서며 해아저씨에게 밖엔 아무도 없다고 말했다.

다섯 토막 난 시신이 담긴 세 개의 마대자루들이 해아저씨의 어깨 위에서 트럭의 짐칸으로 옮겨졌다. 5분도 채 걸리지 않았다. 한 자루씩 차례대로 옮겨지는 동안 빌라의 계단이나 마당엔 핏방울이 떨어지지 않았다. 해아저씨가 시신의 피를 미리 제거하기도 했고, 커다란 비닐봉투에 담은 후 마대자루에 넣었기 때문이었다. 해아저씨와 달리 솔희는 아무것도 한 게 없었다. 해아저씨의 말에 따라 박살이 난 믹서기를 들어다가 트럭의 짐칸에 옮겨놓았을 뿐이었다.

그렇게 전남편의 시신은 트럭에 실려서 호수시민공원의 동쪽 작은 마을의 어느 폐가에 옮겨졌다.

해아저씨가 하필 그 마을을 택한 것은 해아저씨가 그곳 지리에 대해 가장 잘 알고 있기 때문이었다. 그리고 그 폐가는 해아저씨가 태어나고 중학교에 들어갈 때까지 살았던 집의 이웃집이라고 했다.

겨울 하늘을 바라보며 이따금 후회가 되기도 한다. 그 당시 해아저씨가 전남편을 죽였을 때 무조건 경찰에 신고했더라면 하는 생각. 자수했더라면 하는 생각.

티티의 옛 주인에게서 전화가 온다. 감자탕을 진짜 잘하는 집이 있는데 함께 먹으러 가자고 한다. 솔희는 사양한다. 감자탕을 먹으러 다닐 기분이 아니다.

솔희는 어떻게 해야 해아저씨의 짐을 덜어줄 수 있을지 계속 고민한다.

그렇긴 해도, 태안의 아픈 부인이 죽었거나 또는 솔희가 모르는 그의 등에 짊어진 해의 무게 때문이라면 솔희는 나서지 않아도 무죄다.

그러나 솔희로 인해 겨울 동네에 무섭게 떠도는 솔희와의 불륜 소문 때문이라면 솔희가 그의 짐을 덜어주어야 한다. 또 악마의 칼로부터 솔희의 목숨을 구하기 위해 그가 일으킨 살인과 사체 유기 때문이라면 더더욱 그의 짐을 덜어주어야 한다. 그가 평생을 저렇게 목 놓아 울면서 살아갈 이유가 없다.

그도 사람이다. 힘들게 하루 일을 마치고 귀가하다가 생각지도 않게 살인을 저지르고 시신을 훼손하고 암매장했다. 경찰에 신고하지 않고 사건을 은폐하려고 했다. 안쓰러운 여자를 위해서였는지, 신고가 겁이 나서였는지 완전한 비밀로 만들려고 했다. 그렇게 영원한 비밀로 만들려고 했지만 시간이 흐르면서 어쩔 수 없이 만감이 교차했을 것이다. 후회와 후회.

그의 눈물을 닦아주어야 한다.

해아저씨의 등에 짊어진 해가 날이 갈수록 빛을 잃고 한낱 무거운 바윗덩어리로 변하게 할 수는 없다. 솔희는 그게 싫다.

그런데 그는 그의 해로 어떤 세상을 비추려고 했을까. 어떤 어둠을 빛으로 바꾸려고 했을까. 평범하고 가난한 서른두 살 여자의 목숨을 구하려고 기껏 등에 해를 짊어지고 살아오지는 않았을 터였다.

솔희는 현관문을 나선다.

3층 계단을 오른다.

크게 심호흡을 한 뒤 302호의 초인종을 누른다. 다시 누른다.

해아저씨의 울음소리가 멈춘다.

20

　놀이터 입구의 계단을 거의 다 올라섰을 때 301호의 야쿠르트아줌마한테서 전화가 걸려온다. 티티가 사료를 잘 안 먹는 것 같아서 우유에 타서 주려고 하는데, 그래도 되느냐고 묻는다. 솔희는 우유에 타서 주면 안 된다고 말한다. 우유는 설사나 알레르기를 일으킬 수 있기 때문에 고양이에겐 해로운 음식이라고 말한다. 그냥 내버려두면 티티가 알아서 사료를 먹는다고 말한다. 물이나 신경 써서 잘 챙겨주라고 말한다. 야쿠르트아줌마가 잘 알았다며 전화를 끊는다. 엊그제부터 티티는 야쿠르트아줌마가 키운다. 말랭이는 너무 시끄럽게 짖는다고 해서 티티만 거둔 것이다. 말랭이는 슈퍼의 통장여자에게 입양을 시켰다. 그녀의 대학생 딸이 말랭이를 보고 한눈에 반해서였다.

솔희와 해아저씨는 차가운 나무의자에 앉는다. 메마른 겨울 나무들이 조용히 두 사람을 바라본다. 춥고 이른 오전이라 그런지 놀이터엔 다른 사람은 없다.

2월도 벌써 하순으로 접어든다. 어느새 그렇게 되었다. 곳 곳에 쌓인 눈도 많이 녹아 사라졌다. 그렇긴 해도 추위는 여전하다.

해아저씨가 등에 짊어진 해는 많이 수척해졌다. 바람이 조금 분다. 솔희가 잠시 주위를 둘러보는 사이, 해아저씨의 수척한 해 위에 작은 나뭇잎 하나가 내려앉는다. 솔희가 천천히 손으로 집어 든다. 놀이터의 앙상한 버드나무들에서 떨어진 낙엽이다. 그냥 바닥에 버리려다가 해아저씨에게 보여준다. 해아저씨가 물끄러미 바라본다. 말은 없다.

해아저씨가 핸드폰을 꺼내면서 낮은 목소리로 입을 연다. 태안의 장모 얘기를 한다. 장모는 장인도 없이 홀로 바닷일을 하며 아픈 아내를 돌보고 있단다. 그리고 아픈 아내는 장모에게 하나뿐인 자식이란다. 아들도 있었지만 3년 전에 인도네시아 며느리와 함께 고깃배를 탔다가 둘 다 아버지의 뒤를 따랐단다.

해아저씨가 잠시 고개를 숙이고 침묵하다가 장모에게 전화를 건다. 그녀는 신호음이 한참 울린 후에야 전화를 받는다. 허겁지겁 전화를 받는 목소리가 들려온다. 바쁜 모양이다. 해아저씨는 장모에게 미안하다고 말한다. 끝내 눈물을 흘리며 미안하다고 말한다. 그리고 앞으로 찾아뵙지 못해도 용서해달라고 한다. 장모는 깜짝 놀라서 수화기 너머로 소리를 지르며 이유를 물었지만 해아저씨는 그냥 전화를 끊는다. 장모에게서 전화가 걸려오자 핸드폰의 전원을 끈다.

솔희는 아까 와인을 사러 가기 전에 잠깐 엄마와 통화를 했다. 역시 눈물을 흘리며 미안하다고 말했다. 그리고 사랑한다고 말했다. 엄마는 아침부터 술에 취했느냐며 핀잔을 주었다. 술 마시지 말고 빨리 재혼이나 하라고 했다. 그게 다 외로워서 그런 거라면서. 솔희는 아빠에겐 전화를 하고 싶지 않았지만 전화를 했다. 어디선가 외롭게 이 추운 겨울을 간신히 이겨내고 있을 아빠에게 차마 하고 싶지 않았지만, 아빠의 목소리를 듣고 싶었다. 어차피 방송의 뉴스를 보면 알게 될 것이었다. 솔희는 아빠에게 미안하다고 말하고 사랑한다고 말했다. 아빠는 영문도 모른 채 웃으면서 뭐가 미안하냐며 오히려 아빠가 아빠 노릇을 제대로 못 해서 늘 미안하다고 말했다. 그러면서 세상에서 딸을 가장 사랑한다고 말했다.

해아저씨와 솔희는 잠시 파란 겨울 하늘을 바라본다. 겨우내 오랜만에 보는 파란 하늘이다. 구름 한 점 없다. 까치 몇 마리만 날아다니고 바람도 고요하다. 티 없이 맑은 겨울 하늘이다.

솔희는 비닐봉지에서 와인병을 꺼낸다. 두 사람은 수입산 치즈를 곁들여 와인을 마신다. 아침나절에 솔희가 준비한 것이다. 두 사람은 한동안 레드와인을 마신다. 해아저씨는 원래 술을 못 마시는 데다가 운전 때문에 한 잔도 채 못 마시고 주로 솔희가 마신다. 놀이기구들의 뒤쪽은 잔디밭이다. 겨우내 누렇게 마른 잔디 사이에 간간이 초록빛의 잔디 싹들이 보인다. 고개를 들이밀며 열심히 봄의 대문을 열고 있다. 아직 봄은 대문을 열어줄 생각이 없는데 잔디 싹들은 제힘으로 어떻게든 문을 열려고 한다.

와인병을 반쯤 비우는 동안 해아저씨는 솔희에게 몇 가지 얘기를 들려준다. 대학교 3학년 1학기 때 그냥 모든 게 힘들어서 자퇴했다는 것, 그렇게 힘들게 방황하던 젊은 날에 옆에서 끝까지 힘이 되어주고 붙들어준 사람이 아내라는 것, 만일 이 세상에 천사가 존재한다면 바로 아내가 천사라는 것이었다. 그리고 재작년 늦가을에 솔희가 시냇가빌라로 이사를 왔을 때 정말로 솔희가 폐지를 줍는 여자인 줄 알았다는 것, 그래서 마음속으로 젊은 여자가 참 안타깝다고 생각했다는 것, 그런데 이상하게도 왠지 솔희가 낯선 느낌이 들지 않더라는 것, 아주 오래전에 어디선가 꼭 만났던 느낌이 들더라는 것이었다.

그러면서 해아저씨는 이유야 어쨌든 솔희의 전남편을 사망하게 해서 미안하다고 했다. 씻을 수 없는 죄를 용서해달라고 했다. 솔희는 아니라고 했다. 오히려 해아저씨가 악마의 칼로부터 자신의 목숨을 구해주었다고 말했다. 고맙다고 말했다. 그리고 아주 오래전에 어느 시골에서 아홉 살짜리 꼬마 여자아이가 해아저씨의 등에 짊어진 해를 보고 손가락질을 하며 놀렸던 일을 사과했다. 해아저씨는 그냥 씨익 웃었다.

솔희가 빈 와인병과 치즈 봉지들을 재활용품분리수거통에 넣는다. 해아저씨가 가만히 서서 지켜보다가 함께 놀이터의 계단을 내려온다.

해아저씨와 솔희는 해아저씨의 트럭에 올라탄다. 두 사람은 호수시민공원 동쪽 지역의 그 작은 마을로 갈 것이다. 폐가에 묻은 솔희의 전남편 시신을 발굴해서 간소하게나마 장례를 치를 것이다. 그리고 편지와 약병은 솔희의 가방 속에 들어 있다. 편지엔 두 사람이 세상 사람들에게 남기는 마지막 인사가 담겼다. 해아저씨의 아내와 장모, 솔희의 부모님과 오빠 내외, 그리고 전남편의 어머니를 포함한 세상의 모든 이들에게 드리는 인사다.

두 사람이 함께 먹으려고 준비한 약은 해아저씨의 의견에 따른 것이었다. 솔희는 아주 어렵게 자수 얘기를 꺼냈지만 해아저씨가 동의하지 않았다. 필리핀이나 아프리카의 케냐 같은 나라로 도피하는 얘기도 꺼냈지만 역시 고개를 가로저었다. 그럴 수는 없다고 했다. 살인도 모자라 시신을 훼손하고 유기까지 했는데 그것은 진정한 속죄의 길이 아니라고 했다. 자신의 죽음만이 그나마 최선의 속죄 방법이라고 말했다. 그러나 후회하진 않는다고 말했다. 만일 솔희에게 똑같은 상황이 다시 일어난다면 역시 똑같이 전남편을 죽일 거라고 말했다. 물론 시신을 훼손하거나 유기하지는 않을 거라고 했다. 솔희는 해아저씨의 말을 듣고 더 이상 자수 얘기나 해외도피 얘기를 꺼내지 않았다. 그리고 해아저씨가 솔희만은 어떻게든 살아야 한다고 했지만 이번엔 솔희가 동의하지 않았다. 그럴 수는 없었다. 누구 때문에 해아저씨가 이렇게 되었는데 해아저씨 혼자서 그 먼 길을 떠나가게 할 수는 없었다. 너무나 염치가 없는 짓이었다. 그래서 그 낯설고 먼 길을 동행하기로 했다. 길을 가다가 혹시 산허리가 예쁜 푸른 동산을 만나면 함께 그곳에 올라가 메아리도 띄워보고, 낯선 새를 만나면 함께 이름을 물어볼 것이다. 낯선 소나기를 만나면 도망가지 않고 함께 도깨비가 되어 장난도 치고, 낯선 들녘을 만나면 사과나무과수원 옆의 착한 마을로 들어가 함께 웃으며 잠시 쉬었다가 갈 것이다. 어둑어둑 해가 질 무렵에 소슬바람 뒤에서 서성이는 작은 풀꽃들을 만나면 함께 손길을 주며 토닥여주고, 밤이 되어 달빛이 속절없이 물비늘로 쌓이는 무죄의 강을 만나면 함께 몸의 소금기를 씻고 첫사랑처럼 노래를 부를 것이다. 때론 손마디가 시리고 발이 저리고 꿈이 처연해져도 서로를 원망하는 시간은 한 번도 없으리. 그렇게 이 작은 도시에선 둘이서 걸어보지 못한 걸음을 낯설고 먼 길이 끝나는 날까지 동행할 것이다.

트럭이 시동을 걸고 겨울을 나선다. 어서 날이 풀리고 모든 이들에게 하루빨리 따뜻한 봄이 왔으면 좋겠다.

작가의 말

　겨울 산에 오른다. 꽁꽁 언 저수지에서 계속 빙어를 잡는 것
도 미련하고, 겨울 산에 오른다. 멀리 암자의 마당에선 늙은 스
님과 백구가 운동 삼아 술래잡기를 하고, 준비해간 커피를 홀
짝거리며 소나무밭을 지나 겨울 산에 오른다.

　그곳 꼭대기엔 허수아비처럼 서 있는, 다친 사람이 있다. 그
는 바람에게조차 눈길 한번 안 주고 시린 손을 뻗어 겨울 하늘
에 낮술을 마시듯 꽃을 심는다. 해가 지면 별이 되는 꽃들을 한
나절 심는다. 그러다가 간밤의 꿈으로 만든 종이새를 자욱이
날리고는 개울로 내려간다. 개울가에 쪼그리고 앉아 다친 울음
을 흘리면서 겨울 강을 흐르게 한다.

　사랑하다가 다친 그 허수아비에게 그리운 것들은 모두 봄으

로 오길 소망한다.

신혼 기간의 부부싸움 에피소드를 제공해준 세 분의 여성 네티즌에게 감사한다. 갑질의 부당한 싸움에서 이기고 부디 행복한 결혼생활을 하시기 바란다. 소중한 기회를 주시고 수고를 아끼지 않으신 나무옆의자와 편집 스태프에게도 감사하고, 언제나 힘이 되어주는 예쁜 조카들과 가족들에게도 감사한다.

이 소설의 주인공들이 인생의 역경을 극복하지 못하고 안타까운 결말을 맺게 되어 미안하다. 물론 사회적 약자로서는 뛰어넘지 못할 장벽이었는지도 모르지만 말이다. 그래도 작가로서 미안하다.

2019년 2월
발걸음소리를 기다리며
김 의

ROMAN COLLECTION 012

시냇가빌라

초판 1쇄 인쇄 2019년 2월 26일
초판 1쇄 발행 2019년 3월 5일

지은이 김 의
펴낸이 이수철
본부장 신승철
주 간 하지순
교 정 박은경
디자인 오세라
마케팅 정범용
관 리 전수연

펴낸곳 나무옆의자
출판등록 제396-2013-000037호
주소 서울시 마포구 성미산로1길 67 다산빌딩 301호
전화 02) 790-6630 팩스 02) 718-5752

페이스북 www.facebook.com/namubench9
인쇄 제본 현문자현 종이 월드페이퍼

ISBN 979-11-6157-051-8 04810
      979-11-86748-04-6 (세트)